CRIATURAS ABISALES

Literaturas

CRIATURAS ABISALES

Marina Perezagua

los libros del lince

Diseño de cubierta e interiores: DGB (Diseño Gráfico Barcelona)
Imagen de cubierta: © Aron Wiesenfled, *The Delegate's Daughter*

Primera edición: mayo de 2011
Nueva edición: noviembre de 2015
© Marina Perezagua, 2015
Corrección de pruebas: Inés Blanca
© de esta edición, Los libros del lince s.l., 2015
Av. Gran Via de les Corts Catalanes, 702, pral. 1.ª
08010 Barcelona
www.loslibrosdellince.com
info@loslibrosdellince.com
Facebook: www.facebook.com/loslibrosdellince
Twitter: @librosdellince

ISBN: 978-84-15070-60-3
IBIC: FA
Depósito legal: B. 27.379-2015

Lengua foránea

Olga W. viajaba en un Boeing transatlántico cuando una gran lengua lamió el cristal de la ventanilla donde tenía apoyada la frente. Olga W. se despertó, con un ligero dolor de cuello, y se retiró unos centímetros del vidrio para incorporarse en el asiento. Tenía la boca seca y bebió un poco de agua de la botella que llevaba en el bolso de mano. Miró a ambos lados. Era un vuelo nocturno y a su izquierda la opacidad de la noche limitaba su vista. A su derecha viajaba un señor pequeño y enclenque, con una protuberancia exagerada en el pecho. Todavía adormilada, Olga W. pensó en un hombre pájaro, acordándose de un cuadro alemán de los años veinte, donde un personaje excesivamente blanco presenta al espectador un tórax semejante al buche de un pichón, por la deformidad de unas costillas prominentes. Olga W. imaginó la génesis de aquel bulto y le vino a la cabeza la figura del pasajero atragantado con un hueso de ave, tosiendo en una lucha que acabó con el golpe en la espalda de una mano amiga. En su intento por salvarle de la asfixia la mano tuvo que aporrearle hasta que la joroba se le salió

7

por el otro lado. Así, con su joroba desplazada hacia el esternón, dormitaba su triste compañero de viaje.

Olga W. encendió la lamparita situada sobre su asiento, y ya totalmente despierta se disponía a leer cuando le pareció ver de soslayo que algo se había destacado en la noche, allá afuera del avión. Miró por la ventanilla y no pudo ver nada, la uniformidad del vacío la tranquilizó. Miró de nuevo al hombre pájaro y esta vez fijó la atención en su nariz aguileña. Temió que en una de sus cabezadas le clavara aquel garfio en el hombro. Olga W. todavía no se había dado cuenta de que del otro lado, y por tercera vez, la lengua había lamido el cristal de su ventanilla y llevaba algunos minutos allí pegada.

La mayoría de los pasajeros dormía, sólo algunas lucecitas permanecían encendidas en el avión, y aquel silencio motivó a Olga W. a iniciar su lectura. Olga W. iba leyendo, pero el pelo le molestaba en la cara y dejó el libro abierto sobre sus rodillas para recogérselo en una cola de caballo. Fue en el momento en que quiso mirar su reflejo en el cristal cuando advirtió la presencia de la gran lengua.

Al principio Olga W. no pudo apreciar la naturaleza del órgano pegado al cristal. En los primeros segundos sólo pudo advertir una masa rojiza que permanecía a la altura de su cabeza. Se giró hacia el señor de la joroba desplazada para comentar el incidente, pero seguía dormido, y se fijó en que tenía la cuenca de los ojos tan profunda como la de la boca, cuyos labios parecían verterse hacia el interior de su garganta, separándole del mundo. Olga W. volvió a mirar afuera y entonces pudo apreciar con horror que lo que estaba a pocos centímetros de su cara era una lengua separada de su

8

boca, y de su cabeza y de su cuerpo, una lengua suelta y solitaria. Para tratar de medirla extendió su mano con los dedos pulgar y meñique separados. En comparación con la lengua su mano resultaba pequeña, y necesitó algo más de un palmo para abarcarla. A Olga W. le vino entonces a la boca un sabor a hiel y temió que el miedo lo supurara como olor y lo propagara por todo el avión. Para evitarlo contrajo su cuerpo, agarrotó las manos, el vientre, los muslos, en un afán de contenerse a sí misma, y volvió a mirar hacia la ventanilla.

Aunque era una lengua muy grande, Olga W. no dudó en ningún momento de que se trataba de una lengua humana. Se acercó hasta tocar el cristal con la nariz y pudo ver el tamaño de las papilas, y el color más blanquecino de la parte superior del músculo, que contrastaba con el rojo vivo de la punta. Durante los siguientes minutos, mientras estuvo observando la lengua, Olga W. tuvo tiempo de familiarizarse con ella, superar la angustia inicial y considerarla como un compañero de viaje más atractivo que el que yacía a su derecha. Al menos parecía una lengua joven, pensó, que seguro que aventajaba en movilidad a aquella otra lengua que ella se imaginó acartonada desde que, hacía un rato, el señor había abierto la boca en un gesto de trepanación. En ese instante Olga W. sintió que no había cristal entre su cara y la lengua de afuera. Como las manos del mimo que aparentan buscar una salida desesperada en un gran vidrio inexistente, la lengua había comprendido la falacia del cristal y se había situado junto a la cara de Olga W. Desapareció el carácter aséptico que antes le confería la separación hermética de la ventanilla, y ahora la presencia física de la lengua se desplegaba acompañada de su propio aliento.

9

Olga W. comprobó que el hombre pájaro seguía dormido. Tenía los brazos encogidos y los puños cerrados y situados simétricamente sobre sus piernas, a modo de gallina en palo de corral. En un lado de la cara de Olga W. se arremolinaba el vaho que desprendía aquella lengua poderosa; desde el otro lado, le llegaba el olor del cuerpo yermo de su compañero de avión. A Olga W. le bastó este contraste para consentir que, en un santiamén, la lengua se le colara por la falda, le bajara un poco las medias y se le acomodara entre sus muslos. Ambas, lengua y mujer, permanecieron quietas unos instantes, al cabo de los cuales el músculo reanudó su movimiento y, sustituyendo la superficie del cristal de la ventanilla por el sexo de Olga W., prosiguió con sus lamidos.

Al contacto de su piel con la lengua, Olga W. quiso pensar que era una lengua que ella deseaba desde hacía meses, que se conocían desde hacía algún tiempo. Una vez que se había acoplado allí abajo, el tamaño le resultó cómodo, casi familiar, y agradable su textura, su vaho, su calor, su ritmo al lamerla y al besarla. Ante la confianza que le confería imaginarla como la lengua que amaba, Olga W. se relajó, y al torcer la cabeza hacia su derecha se encontró de nuevo con la mueca patética de su compañero de viaje. Para neutralizar la imagen de aquel matón de la libido Olga W. se desabrochó el cinturón de seguridad y se cubrió completamente con la manta que reparten en los vuelos de largas distancias. En el interior de su cubículo Olga W. tuvo que taparse la boca para no delatar con su voz lo que ocultaba con la manta. Cuando la lengua pudo descansar Olga W. se descubrió la cabeza, se incorporó y se limpió con un pañuelo de papel que cogió del bolsillo de la camisa del hombre pájaro, que ni siquiera se inmutó. Después besó con cuidado a la lengua, que se había dormido, y la guardó en su neceser.

Durante el resto del viaje también Olga W. se durmió, y sólo despertó cuando una voz anunciaba el aterrizaje. La lengua había despertado antes, y había salido del neceser para acoplársele de nuevo. A Olga W. no le importó, se acomodó en su asiento y se abrochó el cinturón de seguridad. Estaba amaneciendo y el cielo tenía unos tonos pastel que le dieron a Olga W. una sensación de bienestar. Se sentía fresca, descansada, y se preguntó la hora. Como no llevaba reloj y el móvil estaba desconectado, miró la muñeca del señor pájaro. Él sí tenía reloj, pero la manga de su chaqueta ocultaba casi toda la esfera. Al verlo despierto por primera vez Olga W. decidió preguntarle: «Perdone, señor, ¿podría usted decirme la hora?». El señor no dijo ni una palabra, pero le mostró la hora a Olga W. y luego, como disculpándose, la miró con sus ojos cóncavos para explicarle con señas la razón de su silencio, tal como hacen los mudos en esos casos, a veces ciertamente incómodos. Cuando Olga W. supo con asco que la lengua que llevaba consigo no era la que habría deseado, sino una lengua repugnante y hambrienta, intentó desprenderse de ella a toda costa, a tirones, a puñetazos, a gritos... pero no pudo.

Fredo y la máquina

Hay tres personas alrededor de mí, como casi cada tarde. Mi madre nunca falta, y generalmente vienen sus dos hermanas acompañándola, como ahora, mis dos tías. Llevo dos años tumbada en esta cama, en la habitación del mismo hospital al que me trajeron cuando me caí de la moto. Dos años. Cuando una está en coma no sabe ni cómo se pasa el tiempo, algunos días parecen semanas, algunas semanas parecen pocas horas. En mi estado yo sería incapaz de calcular cuánto hace que estoy aquí, pero por las conversaciones de mis familiares, de las enfermeras, voy sacando no sólo esa información, sino también otros muchos datos, que a veces me aprietan como pellizcos. Por lo visto no hay esperanzas de mejora, y mi madre susurra cien veces al día mi nombre, Inés, Inés, Inés, y cada vez que lo hace un latigazo me hiere la garganta. Pero mi garganta no traga, ni se contrae, y en realidad ninguno de mis dolores es del todo físico, por eso cuando utilizo expresiones como «un latigazo me hiere la garganta» sólo quiero dar a entender así una fuerte angustia, porque a los postrados como yo no les puede doler más que el entendimiento. «Si supieras cuánto me gustaría que pudieras oírme al menos ahora», me dice mi madre, y yo me río por dentro y pienso que si ella supiera cómo duelen las palabras, por sí misma me taparía los oídos con cera caliente. Pero no lo sabe, porque creo que se supone que mi percepción es la misma que la que pueda tener el picaporte de la puerta que lleva al baño, sólo que yo no llevo a nadie a ningún sitio.

Creo que la habitación donde me tienen es bastante amplia, porque desde la puerta hasta mi cama cuento entre diez y doce pasos de hombre, algunos más si entra una mujer. Mis visitas comentan esta holgura y elogian las facilidades del hospital como si se tratara de un hotel. Eso es porque los que me han querido mucho, que son ya los únicos que siguen viniendo, se han vencido ante tres palabras que quedan como último recurso de los desafortunados: podría ser peor. No, mamá, no, tita, no podría ser peor. Uno se ahoga igual en un pozo de dos metros de profundidad que de cien. La agonía es una esponja que cuando se empapa ya no absorbe más. Yo estoy empapada, más allá tan sólo la muerte, el único cambio que modificaría mi situación y, sin embargo, el más aborrecido por mí. Muerte, te aborrezco. Ojalá fueras persona para escupirte a la cara. Ojalá yo también fuera persona para poder escupirte a la cara.

Pero todavía no me ha llegado el momento, y escucho a mi madre recordando en voz alta: «Inés, mi niña, no hay noche que pase en que no se me vengan a la cabeza tus palabras, cuando varias veces, y como en una suerte de augurio fatal, me pediste que si algún día quedabas en coma jamás permitiera que se te desconectara». Sí, mamá, yo me acuerdo perfectamente, tú siempre me decías que aquélla era una advertencia innecesaria, y que no estaba bien recrearse con el pensamiento de alguna desgracia. Pero yo no me recreaba, yo sólo quería que, en caso de encontrarme como ahora me encuentro, pudieras interpretar esta caja negra que soy a través del registro de mi voz antes del siniestro. Cierto que en aquel momento mis palabras parecían el colmo de la precaución, y en su humildad estaban lejos de mostrar la naturaleza clarividente con que se muestran hoy, pero ahora veo que aquéllas fueron mis palabras más acertadas, las más útiles, y me alegro de que con ellas me diera tiempo de advertirte que puedes dejar de visitarme si te cansas al cabo de los años, que puedes hacerte a la idea de que me maté el día del accidente, que puedes negar que alguna vez me pariste, si es que así sufres menos. Todo lo que hagas me da igual, salvo interrumpir para siempre este hilo que me queda de vida, una maquinaria que me da la posibilidad de respirar, el pulso, la nutrición; una maquinaria a la que las visitas deberían dirigirse como si fuera yo, a la que tú, mamá, deberías acariciar también de vez en cuando, porque en ella está el foco que caldea mi carne.

Sin embargo, cuando alguien entra en esta habitación viene a verme a mí, y se olvida de esta extensión mía que son unos tubos, unos líquidos, unos cables. Y ocurre que hay ocasiones en las que también a mí se me ignora, y pienso incluso que quien viene a esta sala viene a verse a sí mismo. Ambas, la máquina y yo, nos unimos entonces en la exclusión. Alguien, un conocido o un familiar, entra, acude al termostato para ajustar a su gusto la temperatura de la habitación, se sienta enfrente de mí, lanza un suspiro, supongo que me mira, y entonces empieza un monólogo que no tiene nada que ver conmigo, un diálogo donde yo soy la mejor interlocutora, porque nunca llevo la contraria. A más de uno le falta el pudor; Alicia, Román, ¿por qué me decís esto que ni yo quiero escuchar ni vosotros queréis que se escuche? ¿Por qué no os lo tragáis como haríais si yo pudiera sosteneros la mirada?

Pero en realidad desde mi pensamiento transijo en casi todo, y desde mis circunstancias estoy agradecida como perra adoptada, porque ninguno de mis parientes parece haber dado muestras hasta la fecha de querer interrumpir mi mantenimiento mecánico. El momento crítico ya ha pasado, cuando el jefe del equipo médico que se ocupa de mí le ofreció a mi madre la posibilidad de que mis órganos terminaran en otros cuerpos. Mi madre no se rindió al canto de las sirenas, a la retórica de un doctor que insistía en que evaluara la trascendencia que mis riñones, mi corazón, las córneas de mis ojos, tendrían para socorrer la vida de otras personas. Mamá, tú desoíste toda petición, e hiciste bien, que cada cuerpo acarree su propio deterioro. No quiero que mis órganos jóvenes envejezcan en personas ajenas, que los hijos salven a sus padres, si quieren, y los padres a sus hijos, pero yo me quiero entera y, sin tener descendencia, tampoco tengo nada que dejar a mis mayores, y por eso me ofrezco como herencia. Mamá, no tuve tiempo de regalarte una vejez dulce y despreocupada, pero aquí tienes lo máximo que una persona puede dejar, su cuerpo intacto. Y tú, doctor, que le hablabas a mi madre de la generosidad de los donantes, ¿acaso podrías tú siquiera soñar con ser la mitad de generoso que yo? Jamás, porque yo, Inés, soy la herencia de mí misma.

Algo bueno ha hecho este doctor, a pesar de todo, y a pesar de que ni él mismo podrá advertir que uno de sus actos ha cambiado mi estancia en este hospital. Una decisión suya ha alterado mi historia de manera tan rotunda como el choque contra el asfalto la noche del accidente. Después de llevar dos años alojada sola en esta habitación, sin compartirla con nadie, hace dos meses escasos que dispuso instalar a otro paciente, que quedó en un estado semejante al mío después de ser arrollado por un autobús. Tuve suerte y no murió, agradezco su atropello. Fredo es su nombre.

Con Fredo he entrado complacida en mi tercer año aquí. Como a mí, vienen a visitarle cada día, aunque con más frecuencia, como es lógico, dado que prácticamente acaba de llegar. «Inés, hija mía, mira qué lástima, ahí al lado han puesto a un paciente tan joven y guapo como tú», me decía mi madre el día en que llegó él, y yo pensaba que ojalá todas las lástimas fueran como aquélla. Ahora, mientras recuerdo su llegada, él sigue ahí, a dos metros escasos de mí, conectado al mismo tipo de aparatos que yo, por los mismos tipos de cables, ingiriendo la misma comida que yo por los mismos tubos. «Fredo, mi hijo», suspira su padre, «Inés, mi hija», suspira mi madre, y su voz ya no me suena igual, y unida a la voz del padre se me antoja un coro que canta el encuentro final y la unión de dos héroes. Entonces como un picotazo me punza las sienes, es cuando pienso que quizá él esté sumergido un paso más allá, en la oscuridad absoluta, ausente de cualquier tipo de percepción. Pero quiero decirme que no, por qué habría de ser así, si nuestras circunstancias son análogas, si con él vivo una repetición de mis primeros meses, las conversaciones de los médicos, de sus allegados, hasta los olores se repiten. Fredo es el gemelo que nunca tuve, y nuestra semejanza me lleva a sentir por él el afecto más poderoso. Este sentimiento tiene que ser recíproco, no puede ser de otra manera. Fredo y yo, criaturas de una única gestación, nos amamos sin tocarnos en la sala de un hospital lleno de testigos, y nos sentimos dichosos.

Su padre se pasa las horas recordando su infancia, no es como mi madre, que cuando me habla de recuerdos se centra en la época de mi adolescencia. «Eras la más bonita, todo el mundo lo decía, y también te auguraban un futuro lleno de triunfos, porque lo llenabas todo en todos sitios, en la familia, en la escuela, en la iglesia...», y yo pienso: «¿Estás escuchando a mamá, Fredo? Te perdiste mi adolescencia, pero somos afortunados, porque cada día yo sé más de ti y tú más de mí». A mí me gusta cuando tu papá recuerda tu habilidad para cazar lagartijas, cuando repite: «Nadie sabía cómo a tus cinco años te las ingeniabas para ser más rápido que ellas y llenar un cubo entero de aquellos bichos». Me gusta porque yo también hacía eso, y espero a que mi madre lo recuerde para que Fredo me crea. Pero mi madre recuerda otras cosas que quizá también le gusten, «¿o acaso no te gusta saber que me desarrollé casi de un día para otro, que de todas las niñas de mi clase yo fui el prototipo del paso de una belleza inocente a una belleza fecunda, fuerte y blandita a la vez?». Ahora escucho que mi cuerpo se está secando, y que he adelgazado diez kilos de los cincuenta y cuatro que pesaba, y por momentos me retracto de lo que dije antes, porque creo que sí, que mi situación podría ser peor, de hecho lo es cada vez que los recuerdos se me aparecen como lo que son, espectros que juguetean y me ofrecen el dedo índice untado en miel para que lo chupe y crea que todavía alimenta, ocultándome que en mi mundo ya no existen las abejas, y que lo que se me ofrece como miel no es más que el líquido que supura una mano que se pudre. Pero esto no se lo digo a Fredo, sino que le digo: «Si me hubieras conocido a mis catorce años yo habría puesto tu cabeza en mi vientre redondo y tú ronronearías como un gato satisfecho».

Entre mi cama y la de Fredo hay una cortina, pero como yo estoy al lado de la única ventana que hay en nuestra habitación, la mayor parte del tiempo la cortina está plegada, para que el aire ventile toda la pieza. La ventana es muy grande, y ahora que hay brisa mi madre la ha abierto de par en par. Las vistas deben de ser agradables, porque todo el mundo las celebra. Hay un jardín y una fuente pequeña en el centro, de donde nacen cuatro caños que riegan los arriates. El sonido del agua que corre puede escucharse levemente incluso cuando la ventana está cerrada, pero ahora que está abierta entra una corriente delicada de aire que antes de llegar a Fredo tiene que pasar por mí. «Dime si hueles mi pelo, Fredo, porque mi madre me lo ha lavado hoy con el champú que me gusta, no te confundas y pienses que el olor viene de las flores de cualquier parte.» Entonces pienso que los dos no estamos aquí, sino en un carmen de Granada, que yo conocí en mi época de estudiante, donde pasaba las tardes leyendo cerca de una fuente que sonaba parecido a ésta. «Y al imaginar tu perfil quiero decirte que tienes el rostro de una virgen de Fra Angelico, pero en hombre, y los párpados apacibles de una muchacha de Van Eyck, y en el huerto donde estamos tu amor me sabe a amor cortés, tú, mi amante francés, trovador que festeja nuestra pasión innata.»

Al médico que entra yo no quiero verle más, por mucho que haya sido él quien te haya puesto aquí. Tiene la cara grave, imagino, como un sepulturero, pero sin motivo, porque aquí no veo ningún muerto. Además interrumpe las conversaciones de nuestros padres y, cuando nos están hablando y entra él, después cuesta trabajo retomar la charla, que a veces se queda en algún momento clave para nuestra comprensión mutua. Por eso estoy siempre en ascuas, suplicando que el doctor no entre cuando mi madre rememora un capítulo importante de mi historia. Yo creo que este hombre no tiene ningún tipo de apetito, que su mirada es la misma cuando se dirige a nuestra botellita de suero que cuando se dirige a un entrecot de ternera o a las piernas de mi prima. «Usted, doctor, cántaro vacío, debería tener mi futuro, quizá así me redimiera de este estado, quizá también a Fredo, porque ya tengo hasta pensado qué es lo que haría la primera mañana que despertáramos. Le traería huevos con beicon a la cama, aunque mejor aún, le traería sardinas recién pescadas, tan frescas que mantendrían todavía la forma del último coletazo... Fredo, ¿cómo podrías no enamorarte de una muchacha que es capaz de traerte sardinas para el desayuno?»

Desde que vivo en posición horizontal sólo siento movimiento cuando mi mente pasa del blanco al negro. Hoy he sido volteada por una nueva sombra. Mi madre decae, el ánimo le flaquea, y me pregunta: «¿No estaré siendo injusta manteniéndote en este estado? Yo preferiría estar muerta a que me vieras así, y me pregunto si como madre no debería desconectarte y abreviar tu agonía. Inés, mi niña, no puede haber decisión más difícil que ésta de matarte o mantenerte muerta».

¡Horror de los horrores, madre atroz y descarada! No decaigas, acuérdate de mi deseo expreso, ahuyenta de ti esa idea, ¿qué debo decirte para que no te alíes con mi muerte? Sí, ya sé, anda, mamá, sal de la habitación, diviértete un poco, no vuelvas más, ¿es que he hecho algo que te haga pensar que no estoy bien?, ¿es que me he comportado de manera que creas que soy desgraciada? Te prometo que yo soy feliz con mi suerte, de hecho soy más feliz que nunca, ojalá hubiera nacido así, el día del accidente fue el más feliz de mi vida, aquel día compadecí a todos los andantes, porque yo sí que sé lo que es vivir, yo sí que soy afortunada.

Mi madre sale de la habitación, y antes de que vuelva yo invoco a mi amante galo, mi único salvador, pienso en él, y en su máquina, que es nuestra otra mitad, y le imploro: «Fredo, levántate y anda, conmigo».

El rendido

De nada sirvió su inocencia. Tras mis declaraciones su defensa fue en vano. El juez decretó cadena perpetua. Así, encerrado, le quería ver yo desde hacía meses, en realidad desde el primer momento en que le vi.

Aquel primer momento había tenido lugar exactamente cinco semanas antes del día en que nos conocimos, treinta y cinco días al cabo de los cuales hubo una breve presentación, y eso fue casi todo. Yo me llamaba Rita y él se llamaba Bernhard, tras un apretón de manos. Aquella misma tarde me costó poco convencerle para que se trasladase con todos sus bártulos a mi apartamento. Creo que no habríamos hablado más de cinco minutos cuando le solté muy de repente la impresión de nuestras soledades y le presenté la solución de lo que llamamos una vida en común. Como lo que más nos sobraba era el tiempo (ambos coincidíamos en una baja por depresión), puedo decir que el primer mes lo gasté de manera íntegra en retirarle la corteza que le cubría por desuso, y durante los meses siguientes él se dedicó a agradecérmelo con un amor apacible y constante, que nos hacía despertar en un sopor de satisfacción que se prolongaba durante todo el día.

Después del colapso de nuestra relación y del suyo propio, he añorado muchas veces el dócil letargo de aquella época, que extendía las raíces de nuestra prehistoria bajo la silla en que le descubrí. Estaba sentado en una cafetería cualquiera, con una cara cualquiera, sin cierto aire, sólo la imagen de alguien que desde hacía mucho tiempo no se pronunciaba, el reflejo de un vestigio y, sin embargo, no advirtió mi presencia. No se fijó en mí la primera vez, y lo intenté una segunda. Me acerqué a él para preguntarle si una de las sillas de su mesa estaba libre, y así me senté en la mesa de al lado, con mi cabeza apuntando en su dirección. Estuve observándolo durante largo rato y él nada, ni siquiera se inmutó. Bebía un café a sorbos cortos y en intervalos interminables, con la vista, y seguramente la mente, perdidas en algún sitio de escasa importancia. En pocas palabras, se diría que estaba allí matando el tiempo. En cuanto a mí, desde los inicios de mi tristeza, tampoco tenía ganas de hacer mucho, así que cuando me di cuenta de que todos los días la cafetería era para él un punto obligado, me uní a su rutina.

Él solía venir sobre las cuatro, yo le veía llegar, y unos minutos más tarde le pedía una de las sillas libres de su mesa y me sentaba en la de al lado, siempre orientada hacia él. Esto ocurrió durante las semanas previas a nuestro conocimiento, invariablemente. La situación era un cuadro de constantes fijas y determinadas, y como tal él las acogió cada día, sin mostrar la más mínima extrañeza. Como digo, solía llegar a las cuatro, y se marchaba sobre las siete. Tres horas cada día, incluyendo los fines de semana, son muchas horas, allí sentado como la viva imagen de un penitente, derrengado no por los años, que no pasaban de treinta y pocos, sino por algún choque mortal en su historia, que más tarde, cuando nos fuimos conociendo, me contó desde una cierta melancolía.

Pero por aquel entonces aún no le conocía, y cada vez que le veía aumentaba mi curiosidad hacia su persona. Me preguntaba por qué dedicaría gran parte de la semana a aquel triste *far niente*. Me preguntaba si en realidad aquellas horas las emplearía recreándose en los encantos de su enamorada, o memorizando su papel en un guión de cine, o en el pensamiento de algún problema matemático, buscando, como yo buscaba todavía, un cero de la función zeta que consiguiera violar la hipótesis de Riemann; pero cualquier opción era descartada, porque cualquiera que lo hubiera visto habría pensado lo mismo que yo, que aquel hombre estaba simplemente quemando las horas. Esto no evitó que siguiera preguntándome en qué mundo viviría para que una situación tan peculiar le pasara desapercibida, una situación atípica en la que una mujer bella se dirige a él cada día, sin faltar uno, para pedirle una silla y sentarse enfrente.

Quizá me vio sin mirarme muchos días, porque cuando al conocerle le pregunté cuándo había reparado en mi persona me contestó: «Pues hoy... ¿Qué quieres decir?», respondiéndome sin saber que ese hoy estaba cargado de historia para mí, que él me conocía de diez minutos y, sin embargo, yo le había dado desde hacía semanas el derecho a ordenar hasta el más íntimo de mis cajones. Ignoraba Bernhard que antes de aquel «hoy» sólo las ganas de encontrarle me habían devuelto un impulso vital olvidado, una situación que empezó a sorprenderme cuando reanudé mis contactos con el espejo de mi habitación, preocupada por mi aspecto. Aquel hombre ensimismado había llegado a significar, triste es contarlo, la parte más importante de mi vida. Me acostaba imaginando su voz salida de las primeras palabras que me dirigiera, me despertaba segura de estar escuchando el silbido de la cafetera para el café que él me estaba preparando. Me duchaba, me peinaba y me vestía para él, me alimentaba y descansaba también para él. Así transcurrían mis jornadas, dos litros de agua diarios, una manzana, ocho horas de sueño como mínimo, mi piel bien hidratada. Pero él no parecía reparar en mi existencia y, a pesar de las tardes que transcurrían una tras otra, yo estaba segura de que no era en mí en quien pensaba cuando cumplía con los hábitos mínimos que la vida suele requerir. Respecto a la mía, a mi vida, las citas se volvieron a reanudar. Volví a dar mi número de teléfono a algunos hombres, con los que me despertaba después de haberlos puesto al servicio de unas prácticas sexuales que hacía una eternidad que ya no ensayaba, y en todo ponía un gran esmero, pensando en el provecho que en un futuro cercano aquellas destrezas podrían ofrecernos sólo a nosotros dos, para regalo de nuestro cuerpo y alma.

Entretenida en estos cuidados, esperaba el momento oportuno para un cambio en la monotonía que me unía a él, y ese cambio se produjo de manera inesperada, una tarde en que llegué a la cafetería a la hora de costumbre y no le encontré. En aquel instante toda la tranquilidad que me había sostenido hasta entonces se vino abajo, y me enfurecí pensando que tal vez por confiar en la inercia de lo cotidiano le habría perdido la pista para siempre. Aquél no era el cambio que yo esperaba, y su desaparición llegó a ponerme en el extremo de un ataque de angustia. Llegué a mi apartamento totalmente trastornada, arrojé las macetas contra la pared, y me ensañé con el perro por lamer los restos esparcidos, golpeándole hasta que dejó de moverse. Todavía exhausta por el esfuerzo me tiré de medio lado en el sofá, y en pocos minutos de duermevela se me agolpó en el pecho un desamparo profundo, que se amargaba por la muerte del animal, mi única compañía, y terminaba en el presentimiento de que nunca más vería a Bernhard. Cuando la oscuridad de la calle comenzó a descender por el sofá, calculé que se acercaba el momento del cierre de las tiendas, me levanté y corrí para comprar nuevas macetas que reemplazaran a las que acababa de romper, en un afán por restablecer cuanto antes el orden que yo misma había perturbado. Restituí todo, excepto mi pobre perro, y me apenaba pensar que me costaría tiempo hacerme con otro que se acercara a su grado de docilidad. Pero los destrozos de la vivienda, los intentos de reparación, la muerte del animal, todo aquello de nada sirvió, porque dos días más tarde Bernhard volvía a estar a la hora acostumbrada en la misma cafetería.

Fue entonces cuando le abordé y tuvo lugar nuestra presentación. Él se llamaba Bernhard y yo me llamaba Rita, y empezamos nuestra convivencia. Entre nosotros había pocas palabras, y ahora recuerdo sólo un par de charlas que podrían calificarse de conversaciones. En una de las primeras me contó su historia en veinte minutos. No intervine hasta el final, porque en el relato de su vida él iba hilvanando infortunio tras infortunio, y cuando yo quería decir algo porque pensaba que había terminado de contar el último desastre, ya se había metido en la crónica del siguiente, que siempre era peor que el anterior. La suya había sido una vida a tropezones, marcada por un hecho trágico singular, pero también por una combinación de desgracias que por su coincidencia en un único individuo hacían de él una suerte de receptáculo de adversidades. Era una de esas personas para quienes no existen palabras bonitas, porque todo el mundo que lo conoce comprende que no hay consuelo que valga para su situación. Era ese tipo de hombre que tiene la gran habilidad de hacer que hasta el menos sagaz pueda comprender de manera instintiva e inmediata que las palabras de aliento para él sonarían siempre desafinadas. Está de más decir que yo no intenté consolarle, y aunque por momentos me venían impulsos de felicidad ante la comparación de nuestras historias, de la que yo salía mejor parada, también es cierto que había instantes en que me acometía una quemazón interior que me ahogaba. Esa quemazón provenía de que, a diferencia de él, yo no era una buena nadadora en mi desdicha.

Nuestro primer año transcurrió sin apenas salir de casa, y sin apenas hablar, pero nuestra relación sexual suplía cualquier carencia de intercambio verbal. Todo lo que nos teníamos que decir era puesto en escena sobre nuestra cama, a menudo sobre otros sitios, haciendo del apartamento un nido que me sujetaba cada día más a Bernhard. Él pasó a ser mi casa, una casa en claroscuro por el gusto agridulce que resultó de abandonar mi vida en las manos de él. A veces entraba como en un delirio que me duraba días, siempre entre el placer de un erotismo grandioso y el desasosiego de creerme perdida sin su presencia. Todo llegó a balancearse entre dos polos, la entrega absoluta y el miedo a perderlo, que era verdadero pavor.

Mis temores eran todo uno, un reconcentrado de eficacia máxima. Al principio no tenía una forma definida, en nuestra vida no había otras personas, no había agentes externos que pudieran alterar nuestra relación. Mi ansiedad parecía infundada, pero no tardé en ponerle un rostro, y un día se me apareció como la sospecha más congruente: la impotencia de estorbar su suicidio. Ése me pareció el motivo del miedo que había trastornado nuestra apacible monotonía. Recordé el sabor amargo de sentirme sola. Me vi a mí misma meses atrás, viviendo para él cuando todavía él no había reparado en mí, y sentí vergüenza. Ese resquemor que antes me venía y se iba como a ráfagas, ahora pasó a ser mi estado habitual. Descubrirme en el terror de pensar en su muerte fue el inicio de una nueva etapa de intranquilidad en mi vida, y en este sentimiento se resumen las causas de mi comportamiento posterior.

Todo lo que él miraba lo miraba yo con más atención, como intentando rastrear las huellas que su retina hubiera dejado en el objeto más simple. Cuando sus ojos se paraban en objetos que yo consideraba potencialmente peligrosos, objetos punzantes o afilados, con alguna excusa yo los quitaba inmediatamente de su alcance. Pero pronto cualquier cosa se convirtió para mí en letal. Hice desaparecer los espejos, e incluso las hojas de papel; nos quedamos sin libros, sin cables, sin cinturones, y quitaba las bombillas las pocas veces que yo salía y él se quedaba en casa. Fui vaciando el apartamento hasta de los detalles más insignificantes y, poco a poco, los espacios se fueron desocupando al extremo que los dos fuimos ya casi un islote en aquel vacío. Él no podía adivinar qué había detrás de mi comportamiento, pero tampoco parecía importarle demasiado, y esto me preocupaba más, porque me hacía pensar que de algún modo él tendría ya preparada la manera de quitarse la vida, una manera mucho más sutil que las que yo era capaz de imaginar, y por ello, quizá, fatalmente inevitable.

Transcurrido un año fue cuando Bernhard pronunció la frase, acaso desafortunada, que marcó esta historia como irrevocable. «Rita», me dijo, «que poco a poco vacíes nuestra casa me da igual, contigo viviría mejor en una jaula, el mundo me estorba.»

A partir de aquella mañana, el mantenimiento de nuestro amor tomó en mi mente la forma de una prisión, y pensando en esta idea se me ocurrió sumar el siguiente y último infortunio a los anales de su historia, el proyecto que detendría las patadas de nuestro hijo en mi vientre y que daría con sus huesos en la cárcel, en cuya imagen descubrí el bálsamo para todos mis temores.

Debo decir que ahora, días después del final de nuestra historia, no sé los motivos que me llevaron a pensar en su suicidio. Intento disculparme confiando en que una ocurrencia tan desbordada debía de obedecer a algún tipo de señales codificadas, que yo descifré de manera intuitiva. Intento disculparme, como digo, pensando que si bien él no me dio explícitamente razones para pensar que quería morir, sí tuvo que darme indicios velados que me hicieran llegar a una conclusión tan clara sobre la voluntad de su propia muerte. Bondadosa prisión, cavilaba mientras estuve tramando mi plan; gratos guardas penitenciarios, conservadle la vida, que con vuestra estrecha vigilancia se vea obligado a seguir viviendo, y cuando la vida le reclame la dosis de amor que le demanda a cualquier mortal, allí estaré yo, pero sólo yo, para satisfacerle en las horas de visita.

Con este propósito concebí un hijo. Él acogió la noticia con sorprendente entusiasmo. A los seis meses de gestación lo perdí. Durante esos seis meses me ocupé en envenenar a la criatura que se estaba formando, una pequeña dosis en cada una de mis comidas, hasta que me vino el aborto planeado. Era una niña. Lloré mucho, con dolor sincero, pero no hubo arrepentimiento, y durante los días de convalecencia me dediqué a inculpar a Bernhard del envenenamiento de su hija no nacida. Mis seis meses de embarazo los había ocupado en inventar una trama perfecta para acusar a Bernhard de mi aborto, con la agravante de poner en riesgo incluso mi vida. La acusación dio resultado y creo que, aunque mis esfuerzos hubieran sido menos, Bernhard habría sido igualmente sentenciado como culpable, porque no hizo ni el más leve amago por desmentir mis declaraciones. Su abogado defensor parecía tener mayor interés en su absolución que él mismo, y durante el juicio observé cómo la pasividad de Bernhard hacía que la vena del cuello del letrado se hinchara más y más.

Oficialmente Bernhard fue condenado a muchos años de prisión, pero en mi mente la sentencia le obligaba a vivir una vida que yo creía que él desestimaba. Para mí, fue condenado a vivir de por vida. Bernhard entró en prisión con el mismo talante con el que le conocí, indiferente, con una docilidad absoluta, la misma docilidad con que desesperó a la defensa ratificando mis acusaciones. Su mirada nunca me culpó, era la misma mirada que tenía cuando hacíamos el amor, y durante el tiempo en que estuvo preso nunca me rechazó, ni yo falté una sola vez a los días en que le daban licencia para nuestros encuentros íntimos durante una hora. «Rita», era lo único que repetía muchas veces, y lo pronunciaba concienzudamente, como si creara una estirpe al articular cada una de mis cuatro letras. Su existencia es muy desgraciada, pensaba yo, pero le requiere el contacto con otro cuerpo, porque todavía está vivo. Y sólo por eso tenía sentido mi vida, por ser el cuerpo que él agarraba como una necesidad básica.

Estos once años en que separé a Bernhard del mundo fueron para mí los más amables, gracias a la serenidad que me daba el saberme esperada cada día. Desde la primera vez en que le vi, he mencionado antes, quise verle entre barrotes. Jamás habría soportado que existiera para él otra mujer, ni otra mujer ni cualquier otro ser, animado o inanimado, padre o madre, y cuando la idea de su muerte se me apareció en la cabeza quise arrebatárselo también a ella. Hoy ya no tengo que luchar con ese rival, Bernhard lleva muerto una semana. Logró quitarse la vida, quién sabe si ése era su propósito desde que me conoció o si once años en la cárcel fueron suficientes para acabar con sus esperanzas, si alguna vez las tuvo. En cuanto a mí, la semana que viene cumpliré cuarenta y seis años, y sospecho que la vida que me quede será de absoluta soledad, una vida sin perro, sin hija, sin Bernhard.

El testamento

Como cualquier virus, la locura se contagia. Los casos no son frecuentes, pero sí fatales. En esta historia, una sola palabra fue la portadora de la demencia que arruinó el destino de la familia Jacobs en menos de dos años y destruyó la unión de todos sus miembros como no podría haberlo hecho más que la muerte. Los cuatro sucumbieron ante estas dos sílabas, más nocivas que una infidelidad, que una deuda impagable o un crimen atroz. Nada, absolutamente nada, habría podido corroer de tal manera los cimientos de la casa, que se desplomaron tras el paso de una marabunta de tan sólo cuatro letras: mamá.

Pero antes del colapso, el matrimonio Jacobs alcanzó durante unos años la vida que había deseado, una existencia asentada en la singular cordialidad de los días iguales, una concepción inmutable de los hábitos que, para Johanna, se acentuó desde el nacimiento de su bebé. Así, tarde tras tarde, cuando las últimas luces del jardín se daban por vencidas, la madre entraba en la casa, le daba el pecho a su niño, le devolvía a la cuna y comenzaba a preparar la cena. Vivía las actividades cotidianas como una hoja de cálculo, a cada tarea le correspondía un tiempo, y no le gustaba que al final del día las cuentas no le cuadraran y le restaran momentos con su hijo. Los detalles más prosaicos debían cumplirse según unas coordenadas rigurosas y, entre ellos, los cuidados a la abuela llegaron a ser para Johanna los más molestos, porque no sólo le resultaban prosaicos, sino también inútiles. Dedicar atenciones a una vida que se apaga no tenía ya sentido desde que sujetaba entre sus brazos una vida que comienza.

La anciana pasaba el día en un sillón que guardaba su forma durante las horas que estaba en la cama. Por la vejez, ni la vista ni las piernas le respondían, y por la desgana se había enmudecido hacía varios meses. A las preguntas que le formulaban, cosas corrientes referidas a la comida, al frío, al calor... ella respondía con un movimiento de cabeza. No había otras preguntas, ni las echaba de menos, y desde que Noah vino al mundo, incluso aquellas referidas a sus necesidades fisiológicas comenzaron a perderse.

El verano se prometía flaco para la abuela, y aunque el armazón de la tragedia familiar ya se estaba fraguando, Johanna lo ignoraba, y a menudo, en la poética del atardecer, en una mecedora del porche que daba al jardín, pensaba que a sus treinta y siete años estaba acariciando la plenitud. Tenía un marido fuerte y trabajador, que estaba siempre cerca porque llevaba los negocios desde casa; la propiedad donde habitaban era la que esperaban heredar de la abuela, una superficie generosa de tierra y una casa construida por su suegro, con sus propias manos, y que ahora, después de su muerte, podían disfrutar; y lo más importante, acababa de parir a un niño que cerraba ese círculo perfecto que para ella era la felicidad. Durante mucho tiempo aplazó su embarazo, primero esperando ocupar aquel hermoso hogar de madera tendido sobre la paz de las llanuras, y después porque quería tener un coche, algunos ahorros, incluso un perro con el que pudiera dar a su hijo la bienvenida al mundo. Como el bebé llegó en el momento esperado, Johanna consideraba orgullosa la armonía del método con que había ordenado su vida, y una sonrisa le suavizaba la cara mientras se mecía mirando caer por el horizonte el sol enorme y naranja de Tennessee.

El marido de Johanna, Ephraim Jacobs, se imponía felizmente jornadas laborales de hasta doce horas, sin salir del despacho más que para ir al baño. Los beneficios no pasaban de ser modestos, pero nunca se quejó, y cuanto menos ganaba, más ahorraba. Al mediodía, Johanna le servía el almuerzo en una bandeja que dejaba en su escritorio sigilosamente, y se marchaba diligente como otra hormiguita obrera. Cuando Ephraim terminaba de trabajar, salía de la sala, cargaba a su madre anciana en brazos hasta la cama y cenaba con su esposa. El niño ya dormía, y aunque su padre le dedicaba parte del fin de semana, los primeros tiempos del pequeño Noah transcurrieron principalmente junto a Johanna, que no se separó de él. Por esta razón, la mujer no se explicaba que su hijo aprendiera a llamar antes a su padre que a ella. Pero ese detalle no tardó en aclararse, y en cuanto Noah aprendió a articular una frase, él mismo, sin saberlo, le lanzó la explicación que desataría los inicios del desastre: «Tú no mi mamá». Una losa cayó sobre Johanna, pero acertó a agarrarse al beneficio de la duda para preguntarle a su hijo: «¿Cómo?». Noah no respondió, seguía jugando.

Durante los siguientes días Johanna se esmeró por convencerse de que no había entendido bien y, aunque hubiera escuchado correctamente, estimaba que no debía olvidar que Noah tenía sólo tres años y apenas sabía hablar. En definitiva, era mejor dejar de pensar en el asunto, y así lo hizo. Logró sentir de nuevo esa plenitud de su última época, y apreciaba la dicha de pasar el día en casa velando por la infancia de su niño. Esos primeros años son fundamentales, le habían advertido, y ella, que no había conocido a su madre, decidió que no llevaría a su hijo a la guardería, para poder calentarlo bajo las plumas del nido materno tanto como fuera posible.

Noah estaba cada día más grande, parecía que crecía por momentos. Era un niño juguetón pero tranquilo, y muy cariñoso, que no dudaba en dar cuantos besos le pidiesen sus padres. Pero sobre todo, y aunque ella no podía corresponderle, besaba mucho a la abuela. A ella le regalaba las mayores muestras de cariño, y cuando tuvo edad de gatear a menudo se subía por sus piernas muertas y la trepaba hasta babearle la cara. Ella permanecía rígida, pero desde el estómago le venían unas oleadas de pequeñas convulsiones, el silbido de una garganta que despierta tras meses de afonía para, al final, desembocar en una risa virgen. Noah, desde que descubrió el sonido de la abuela, se divertía provocándolo como si agitara un sonajero, y cada vez que ella dejaba salir ese hilo de voz, el niño estallaba en un grito de entusiasmo que fertilizaba las raíces del horror insospechado.

Entre nieto y abuela surgió una comunicación preverbal que los sincronizaba en la misma generación, la misma página de un índice afectivo, y derivó hacia una complicidad estimulante para ambos. Johanna se alegraba de esa relación porque hacía reír a su hijo, y veía en la abuela ese sonajero con el que Noah se entretenía mientras ella hacía las tareas de la casa. Sólo Ephraim reparó en el hecho incómodo de que su madre, aunque no sabía cómo, parecía imponerle cuando estaba con Noah un especialísimo respeto a su presencia, un respeto que Ephraim y Johanna nunca habían manifestado hacia ella, y que había evolucionado hacia el desprecio después de que la embolia paralizara casi todo el cuerpo de la anciana. Lo que al principio el padre tomó como una minucia, algo carente de importancia, empezaría a alterar el carácter aplomado de Ephraim, que comenzó a evitar la mirada ciega de la madre.

A base de intercambios con el nieto, la abuela rompió su afonía y recuperó el diálogo. Por su parte, Noah iba ensayando nuevas palabras, vocablos cada vez más sofisticados, que llenaban a Johanna de orgullo, porque no cabía duda de que se hacía entender muy bien para lo pequeño que era. Sin embargo, persistía ese detalle, ese solo detalle, que iba minando, día tras día, los ánimos de la madre, y era que cada vez que su hijo la llamaba decía: «Johanna», a pesar de que ella le insistía con ternura y paciencia en que su nombre era «mamá».

A los cuatro años Noah ya no tenía problemas para pronunciar los términos más difíciles, pero «mamá» seguía sin entrar en su vocabulario. El padre no encontraba en esta circunstancia mayor motivo de preocupación; lo veía como un capricho infantil, un detalle insignificante, así que comenzó a irritarse cuando notó los efectos que esta ausencia estaba causando en su esposa. Tal como él lo veía, la aflicción de Johanna era producto de una exageración mujeril y sensiblera, y para demostrárselo procuró que Noah le llamara también a él por su nombre. Pero Noah siempre le había llamado papá, y no parecía dispuesto a cambiar. «Habrá que olvidarse», le repetía toscamente a Johanna; «deja que el chico crezca y ya le explicaremos cuando entienda cómo debe llamarte.»

Pero un día sucedió algo, un incidente que agitó también el ánimo de Ephraim. Fue una tarde en que al regresar los tres a casa después de un paseo, Noah corrió directo al sillón de la abuela, tal como era habitual, pero esta vez con una pequeña diferencia: «¡Mamá, mamá!», le decía, mientras la abrazaba y besaba sus piernas moradas. Aquella imagen arruinó el alma de Johanna, que soltó el llanto contenido de meses mientras le chillaba a Noah por primera vez: «¡¿Por qué?! Dime, ¿por qué?...», mientras le zarandeaba con tal violencia que Ephraim tuvo que separarla del hijo y recordarle, enfurecido, que sólo era un niño.

Los días que siguieron a aquella tarde la abuela cayó enferma. El doctor le diagnosticó una gripe común, pero dada su edad era necesario tomar todas las precauciones para que la enfermedad no evolucionara hacia un estado crítico. Al sentirse tan débil, tuvo miedo de lo peor y le pidió a su hijo que llamara cuanto antes al abogado de la familia. Quería realizar una última revisión de su testamento. Cuando el abogado llegó la anciana estaba en la cama, incorporada sobre unos grandes almohadones. No la había visto desde hacía cinco años, y se sorprendió de encontrarla tan mejorada, a pesar de la edad y de la gripe. Charlaron un poco, pero la abuela, que se cansaba, decidió plantearle sin preámbulos su propósito. Para asegurarse de que nadie les escuchaba, con un ritmo entrecortado y lento, le pidió al abogado que cerrara la puerta de la habitación y se sentara en la cama, cerca de ella. Entonces le declaró su última voluntad, que él debía legalizar. El hombre respingó y le respondió:

—¡Pero señora Jacobs, eso es del todo imposible! Creo que usted ha perdido el juicio...

—Le digo que así es, y que así debe usted dejarlo por escrito —declaró ella.

—Pero ¿cómo? ¡Qué idea tan disparatada! No, no me cabe en la cabeza...

—Acérquela —le pidió la abuela.

—¿El qué?

—La cabeza. Acérquela a mí.

La abuela le besó la frente y el abogado sintió una picadura. Entonces sujetó la mano trémula de la enferma y la ayudó a escribir la frase que meses después la llevaría a la muerte. Cuando salió de la habitación rechazó el refrigerio que le ofrecía Johanna, para escabullirse de cualquier tipo de explicación.

A pesar de que la inclinación de Noah hacia la abuela superaba con creces la que demostraba por su madre, seguía requiriendo los mimos de Johanna. Pero ella, por aquellos días, comenzó a sufrir una reacción física inexplicable, y era que cada vez que su hijo le echaba los brazos sentía una ira subiéndole hasta la cabeza en ráfagas de un calor desagradable, enfermo. Al principio intentó esquivarle, le compró nuevos juguetes para mantenerle entretenido y, sobre todo, alejado de ella. Pero cuando tenía que tocar a Noah por las obligaciones básicas de madre, como bañarle, o limpiarle la cara, y especialmente cuando su hijo alcanzaba a besarla, Johanna experimentaba una grima que la llevaba a lavarse allí por donde habían pasado los labios húmedos del niño.

Su propio comportamiento la asustó de sí misma, y exprimiendo las últimas gotas de paciencia intentó, una vez más, olvidar las palabras del hijo. Pero el esfuerzo vació su voluntad una mañana en que escuchó desde la cocina el temido «mamá» del niño encima de la abuela. «Esa voz no es la de mi hijo», quiso pensar, y como una furia entró en el salón, se acercó hasta su suegra, le quitó al niño de encima y mirándola a las rodillas rompió en ellas el plato que tenía en las manos mientras gritaba: «¡Cerrad la boca, rodillas deslenguadas!», y después, a la abuela, que no había sentido más que el dolor de las palabras y del sonido del plato al romperse, le gritó: «¡Fuera de aquí!». Noah se puso a llorar y la abuela se fue de la única manera en que su cuerpo impedido se lo permitió: apretando los ojos. Pero Johanna repitió: «¡He dicho que fuera!», mientras arrastraba el sillón tirando de él con todas sus fuerzas hasta sacarlo del salón. Ephraim, que había tenido que salir por un asunto laboral, llegó horas después, y su madre estaba todavía en la entrada; el cuerpo le temblaba por el frío y por el disgusto, y sus rodillas acartonadas aún sudaban algo de sangre, con el silencio de los santos llorosos de madera. Ephraim le limpió los cortes y fue a hablar con Johanna, pero tanto ella como Noah dormían, así que cargó con la anciana, la llevó a la cama y se acostó sin cenar, rumiando la sospecha de lo sucedido. Al día siguiente, en un arrebato de compasión, le dijo a Johanna: «No vuelvas a tocar a mi madre».

Johanna cumplió la orden de su esposo de manera radical. No volvió a tocar a la abuela y Ephraim tuvo que hacerse cargo de todos sus cuidados.

Tras los últimos sucesos la obsesión de Johanna terminó de apuntalarse, y las ideas se le enmarañaron de tal modo en la cabeza que se convenció de que vivía tan sólo para una cosa: evitar todo contacto con su hijo. Su vida diaria se convirtió en un permanente juego al escondite, con unas reglas singulares, pues lo único que ella buscaba cuando no le tocaba esconderse era la ausencia del niño. Cuando Noah asomaba por la esquina de una habitación, o si se lo topaba simplemente en un lugar inesperado, Johanna pegaba un brinco, dejaba lo que estuviera haciendo y se marchaba corriendo. Las primeras veces Noah se reía, y tomaba las carreras de la madre como una incitación al juego, pero cuando vio que sus manos, día tras día, nunca la alcanzaban, cuando vio que siempre perdía todas las jugadas, se le acabó la diversión, como también se le acabaron las caricias, los arrumacos, las canciones...

Al principio, como si fuera lo único que su conciencia recordaba, Johanna continuó dándole de comer, y también llevándole a la cama por las noches después de un baño rápido y casi a distancia, pero su comportamiento se iba deteriorando como víctima de una prematura demencia senil, y avanzaba en su decadencia a pasos de gigante. Cuando tenía que acostar al hijo simplemente lo metía en la cama, sujetándole como con pinzas para tocarle lo menos posible, lo arropaba y cerraba la puerta para no escuchar que Noah lloraba porque no podía dormirse solo. En cuanto a la comida, reemplazó las cuatro tomas habituales por tres, luego por dos, y antes de llegar a una sola le pidió al padre que se encargara él de darle de comer, bañarle y acostarle por las noches. A partir de entonces ella sólo cocinaría, lejos, siempre lejos y esquiva de la presencia del hijo.

Ephraim empezó por atender al niño cuatro veces al día, pero desde el primer momento sintió la ansiedad de abandonar su trabajo durante ese tiempo. Si Noah le requería fuera de las cuatro citas (que habían de coincidir rigurosamente con las atenciones a la abuela), él no se alteraba, y por nada salía del despacho.

En el extremo opuesto de la casa, en el porche, Johanna se pasaba la mayor parte del tiempo mirando al horizonte, como en sus días más felices, pero ahora con la cabeza vacía. No respondía a ningún estímulo, y tanto si el sol quemaba como si caía un aguacero ella no se inmutaba; se diría que le habían extirpado parte del cerebro. Dejó de hablar y se movía como un anfibio tratando de ahorrar oxígeno.

Después de algunas semanas con su esposa en este estado, Ephraim pensó que le costaría volver a hablar aunque quisiera, pero una noche ella le demostró que sus capacidades orales no se habían resentido. Estaban los dos durmiendo cuando el padre escuchó los pasos descalzos de Noah entrando en la habitación. El niño pasó por su lado, se dirigió a la parte de la cama donde estaba la madre, se le pegó a la cara y le dijo al oído: «Johanna, tengo miedo». La madre se despertó y en un salto le gritó al hijo: «¡Viejo pervertido, apártate de mí!».

Aquella noche Ephraim supo que la cabeza de Johanna estaba completamente tarada, pero por la mañana, en una inercia ya incomprensible, intentó hacer recapacitar a su esposa por el bien de la familia. Cuando Johanna escuchó sus palabras, gastó el último momento de lucidez para decirle:

«¿Es posible que seas tan idiota? ¿Es que no te das cuenta de que aborrezco a nuestro hijo?», y días después, cuando Noah cumplía cinco años, desapareció para siempre. Ephraim ni siquiera la buscó, y se organizó como pudo para hacerse cargo de la casa sin tener que pagar la ayuda de una empleada. En sólo varias semanas aquel hogar agonizante empezó a acumular suciedad, olor a llanto de niño y sudores de anciana.

Los nervios de Ephraim estaban a punto de quebrarse cuando una noche encontró, en un cajón, el testamento que la abuela había solicitado revisar durante las fiebres de la gripe. Ni Johanna ni él habían necesitado abrir el sobre, porque no desconfiaban de su posición de beneficiarios absolutos; pero ahora, con el delirio con que un náufrago cree que un espejismo le puede devolver la vida, Ephraim lo rasgó y, estupefacto, leyó: «... En plenas facultades mentales etcétera etcétera... yo nombro universal y único heredero de mi casa y de todas las propiedades que me son legítimas etcétera etcétera... a Noah Jacobs, mi único hijo».

Tras leer las palabras de la madre, Ephraim se deslizó por la pared hasta el suelo. Notó una presión terrible en las sienes y se le ocurrió que era la locura subiéndole a la cabeza. Quiso rechazarla, y apenas las fuerzas le alcanzaron para tomar aliento, se levantó y colocó en una maleta la documentación más relevante de sus negocios. Antes de cerrar tras él y para siempre la puerta de la casa, entró en el salón, miró por última vez a los ojos ciegos de su madre y le dijo:

—Ahí te quedas con tu único hijo.

El nieto y la abuela continuaron haciéndose compañía, se hablaban, se oían; hasta que el hambre y la sed comenzaron a afectarles.

Iluminaria

¿De qué manera, Oliver, infundiste en Julieta el deseo de eternizar tu llama, la primera vez que le hiciste el amor? Bajo el peso de tu pecho, se preguntaba adónde iría aquella fuerza después de vencerla... «Adónde», llegó a susurrar; pero entonces, un flujo de unión te desembocó en ella y le cortó el pensamiento, y la voz. Enseguida, con el cuerpo todavía titilante, estiró al vacío de la habitación los brazos, las manos, los dedos, toda ella alargada como brote de primavera, en un intento de atrapar tu energía, evitar que se extraviara, y decidió que, si había algún modo posible de conservarla, ella lo encontraría. Qué felizmente fantaseó con la idea de que tu lumbre no llegara a apagarse, sino que se transformara, para manifestársele después, en otros momentos del día, y mediante los gestos más sencillos y humildes, como hacer el café o encender el interruptor de la luz. Cuando fuiste cayendo en el sueño, Julieta continuó pensando en una solución, y al cabo de unos meses ya tenía el primer modelo del que fue su mejor invento, el invento donde más amor puso, una alfombra de generadores capaz de transformar en electricidad la fuerza con que tú, como a una espada candente, la fraguabas. La llamó Iluminaria.

Tanto se entusiasmó Julieta con su idea, que convenció a Oliver para que dejaran de pagar la compañía de electricidad, prometiéndole que ella se encargaría de procurarles la energía de una manera menos prosaica y, además, gratuita. Después de tres facturas sin pagar, les cortaron el suministro y, como el invento se retrasó un poco más de lo que ella había esperado, estuvieron dos semanas sin luz ni agua caliente. Oliver no se quejaba, y la vida que habían comenzado juntos hacía escasos meses siguió siendo maravillosa entre velas y linternas. Pero a pesar de su paciencia, Julieta estaba tan orgullosa de su creación que en cuanto terminó de verificar la última pieza no quiso demorarse más y, aunque se trataba sólo de un modelo piloto, corrió a mostrárselo.

—Tengo una sorpresa. No vas a creerlo. Lo he conseguido —le dijo, agitada.

—¿El qué? —respondió él.

—¡El generador! —Y mientras entraban en el desván le tapó los ojos con las manos.

—¿Así que éste era el motivo por el que no he podido subir aquí durante las últimas semanas? —le decía él entre risas, mientras fingía querer deshacerse de sus dedos para poder ver.

—Espera, espera, que ya te lo muestro —y entonces retiró las manos de sus ojos.

—¡¿La alfombra?! —exclamó sorprendido.

—Sí, pero no es la misma alfombra, aunque lo parezca. Ahora sirve también para otro propósito.

—¿Cuál? —preguntó.

—Para saberlo tienes que quitarme la ropa —le respondió Julieta.

Oliver comenzó a reír, pero siguió la recomendación con entusiasmo, mientras ella caía como un pétalo sobre el delicado tapiz del desván. Al cabo de una media hora, ya a oscuras por la entrada de la noche, Oliver le dijo mientras la besaba que no comprendía qué había de nuevo en la alfombra. Entonces ella le contestó:

—Prueba ahora a encender la luz.

Él se levantó, caminó unos cuantos pasos hasta adivinar con su dedo el interruptor, lo apretó y la luz se encendió.

—¿Has pagado las facturas? —le preguntó.

—No.

—¿Entonces?

—Mira, acércate —le dijo ella, mientras levantaba la alfombra.

—¡¿Qué son todos estos botones?! —exclamó él sin salir de su asombro.

—¡Ah, estoy deseando explicarte...! Son inductores, y los he ideado para transformar en electricidad la energía de nuestros movimientos. Bajo nuestra cama también he instalado el mismo dispositivo.

—¿Para transformar nuestros movimientos? ¿Cómo? ¿Por qué?

—¿Por qué? Porque quiero vivir de ti, porque quiero que las corrientes que nos alimentan el deseo alimenten también las luces de nuestra casa, porque...

Pero mientras le hablaba, la luz se fue y volvieron a quedarse a oscuras. Se revelaban así, por primera vez, las limitaciones del invento, y la expresión de Julieta se ensombreció. Le explicó, entonces, el inconveniente que aún debía solucionar:

—Para que el ingenio sea efectivo, tenemos que almacenar en el acumulador una cantidad enorme de energía. Todavía no sé muy bien cómo lograrlo, pero mi propósito es transformar un movimiento mínimo en electricidad máxima. ¿Te imaginas? La sola fuerza de un parpadeo tuyo podría encendernos la televisión.

—¿Eso sería posible?

—No en un grado tan extremo, pero sí lo suficiente para hablar de una nueva forma de alumbrado; aunque has de saber que, para servirnos de este invento, pongo una única condición.

—¿Cuál?

—Que la energía debe derivarse únicamente de la actividad de nuestros cuerpos al unirse.

—Pues si es por eso —le respondió Oliver besándole el cuello—, voy a procurarnos la suficiente como para abastecer a toda la región.

Al escucharle, a Julieta un escalofrío le recorrió el cuerpo, y se rindió un poco más a las posibilidades que su invento ofrecía...

—¿Te das cuenta? —prosiguió entusiasmada—, de esta manera sentir el vapor de la plancha mientras planchamos será como recibir nuestro aliento unido en un solo soplo, y pasar la aspiradora tendrá más sentido cuando al enchufarla yo pueda decir: «Amor, ¡manifiéstate!», y ahí entrarás tú, tú dentro de mí, el tú que me inflamaba ayer o hace un rato, convertido tu cuerpo en luz.

Durante las siguientes semanas Julieta trató de potenciar las capacidades de Iluminaria. Sus ecuaciones sobre el papel eran exactas, y no veía razón para seguir sometida a las leyes físicas imperantes; sin embargo, algo se le perdía entre el papel y la experiencia, y en el primer mes sólo llegó a dilatar los pocos segundos de luz en una cantidad de energía siempre limitada. El máximo resultado en aquellas primeras exploraciones lo consiguió al alimentar la corriente del secador de pelo lo justo para que le secara el cabello. Con esos valores estaba aún lejos de satisfacer todas las necesidades eléctricas de una casa y dos personas, pero por aquella época nada perturbaba su encantamiento, y ambos se adaptaron al nuevo entorno, oscuro y desactivado, con la facilidad con que un búho colorea sus plumas imitando el color de su árbol. En cuanto a la iluminación, la vivienda seguía sujeta a las voluntades de la luz natural; como llegaba el verano, los días comenzaron a ser largos, y al anochecer, en la novedad de su amor, los dos jóvenes desagradecían los esfuerzos con que la ciencia les había regalado la bombilla.

Las semanas que sucedieron fueron un cúmulo de días felices. El deseo que se tenían espesaba el aire de cada sala. A todas horas sentían una avidez mutua que no hacían esperar. Fueron unos meses en celo permanente, un viaje al centro del cuerpo, una existencia de olores, hormonas y excavaciones que les rompían el agua. Pero, cuanto más se consumaba Julieta con Oliver, más pensaba en la idea de atrapar ese clímax, guardarlo como perfume delicado con que rociarse después, y por eso, considerando la ventaja que tanta acción supondría para alimentar a Iluminaria, le propuso a Oliver que cada vez que quisiera hacerle el amor lo hiciese en los dos lugares donde había implantado los generadores: la cama, en el dormitorio, y la alfombra, en el desván. Podía ser que, tal como él advirtió, esa idea les restara espontaneidad, pero Julieta le dijo que era una solución provisional, puesto que hasta que el invento no alcanzara las capacidades con que ella lo había concebido, le daba cierto pesar verter sus amores en la mesa de la cocina, o en el jardín, donde no había instalado generadores y la energía se escapaba, por tanto, como un globo que se desinfla.

Cierto que a pesar de que intentaban cumplir con sus ternuras sobre los generadores, no lograban que la energía llegara a abastecer las demandas de su tiempo, pero esa carencia les estimulaba aún más. Uno de los días en que decidieron comenzar a decorar la casa, Julieta quería colgar un cuadro y se había subido en una silla con la taladradora en la mano. Al ir a perforar la pared comprobó que el aparato no marchaba, y Oliver, que la vio apretar varias veces el botón sin resultado, escaló sus piernas hasta la cintura, la bajó de la silla y la llevó en volandas hasta la cama. Aquella tarde, mientras la amaba, Julieta pensó que le alcanzaría para colgar no sólo un cuadro, sino un caballo. También por aquellos meses, a menudo, y en mitad de la noche, Oliver le decía al oído: «Despierta...», con cualquier excusa: «Vamos, amor, que mañana quiero cocinar mucho y a fuego lento», y así la sacaba de sus sueños para introducirla en un éxtasis que la hacía abrir los ojos antes de despertar.

El progreso en la optimización de Iluminaria se estancó en un nivel aún insuficiente pero aceptable, con tal de que la intensa actividad que venían practicando Oliver y Julieta no decreciera. La fórmula reposaba, por tanto, en las horas que

Julieta había dedicado a elucubraciones físicas, pero también en las artes amatorias de los dos enamorados. Una noche, entre juego y juego, se pusieron a calcular y estimaron que para poder cocinar una vez al día, tener agua caliente durante algunos minutos y mantener dos bombillas encendidas durante una hora escasa debían movilizarse durante un mínimo de tres horas diarias. Con nueve horas la casa atendería las mismas necesidades que cualquier otra, pero por mucho que se desearan no había cuerpo humano que resistiera tales cantidades, ni las fantasías de Julieta fueron tan grandes que la llevaran a dudarlo por un momento.

A pesar de la pobreza eléctrica, había un lujo que a ella le gustaba permitirse, y era que cada día, al ponerse el sol, encendía la luz, aunque no la necesitara, y decía esa palabra con la que el tú más el yo llenaba toda la sala: «¡Manifiéstate!», y un hálito le soplaba la nuca, las rodillas, la pelvis, y deseaba a Oliver como hombre y como gas, como dinamo que le mecía el espíritu en un péndulo de oscilación inmortal. Y él, él debía de sentir lo mismo, porque cuando encendía el microondas para calentar la leche contemplaba el resplandor amarillo a través del cristal con los mismos ojos hechizados con que admiraba a Julieta cuando estaba desnuda.

Una vez se enfadaron, una discusión sin importancia, pero que les llevó a estar cuatro días seguidos sin rozarse y, como consecuencia, agotaron hasta el último electrón que flotaba en el acumulador. No pudieron cocinar, perdieron también los escasos minutos que antes tenían de iluminación, pero al final los dos cedieron, retomaron el ritmo, y de no ser por todo lo que vino después, aquella interrupción no les habría quedado en la memoria más que como un incidente insignificante.

Disfrutaron de sus pasiones casi un año más, un amor en movimiento, siempre fresco, limpio como arroyo que corre, y que circulaba por las arterias de la casa como la juventud de una nueva forma de energía, una energía amorosa y copulativa. Pero con el paso del tiempo hubo ocasiones en que se olvidaron de su siglo, porque se encontraban tan a gusto en sus oscuridades que, al caer la noche, no se acordaban de utilizar la pequeña reserva eléctrica diaria, y se iban a la cama sin prender una luz, y Julieta le decía a Oliver entre las sábanas: «Vamos, sóplame y descúbreme el fuego», y tanto se lo descubrió que se le olvidó, y un día, al llegar del mercado, Julieta sacó de la bolsa un trozo de carne cruda y le dio un bocado como si fuera un tomate.

Pero ya entrados en el invierno, una mañana, Oliver hizo algo que disgustó a Julieta de la manera más amarga. Se había levantado muy temprano para comenzar su nuevo horario de trabajo, y ella, para sorprenderle con alegría, le buscó en silencio por la casa. No le encontraba, pero al escuchar unos ruidos en la planta de arriba, fue a la habitación para ponerse un suéter y subir a darle los buenos días al frío desván. Nada más abrir la puerta lo vio. Fue terrible. Oliver, que seguramente necesitaba más agua caliente para ducharse, estaba dando brincos sobre la alfombra. Cuando advirtió la presencia de Julieta, que al sorprenderle se había quedado paralizada, dejó de saltar y le dijo: «Tengo prisa y no hay agua caliente». Una bofetada de vulgaridad golpeó la cara de la joven.

Aquello les valió estar una semana sin ni siquiera mirarse, y después, cuando quisieron recuperar el amor, la pasión, el acumulador... les costó demasiado esfuerzo, y casi sin darse cuenta, se vieron haciendo el amor en el infierno, haciendo el amor por obligación, en la piel de dos esclavos sin amo, esclava ella de él, esclavo de ella; enredados en una madeja de cautiverio donde ellos eran la misma lana que los ahogaba.

Mientras que el declive no tuvo un nombre, Julieta pudo sufrirlo, pero finalmente Oliver, al formularlo en palabras, se lo clavó, de la manera más escueta y precisa, una noche, cuando envuelto todavía en sus cabellos lloró y le dijo: «Me siento a la vez violador y violado». A partir de entonces sus contactos disminuyeron al mínimo, porque cada vez que él se le acercaba, ella sentía que el vello se le erizaba como a una gata, con una electricidad contraria al deseo, con una energía mucho más potente que la que antes les unía, la energía de la repulsión.

Oliver empezó a insistirle en la conveniencia de pagar las facturas que debían a la compañía eléctrica. Se notaba que la falta de luz y calor le pesaba gravemente. Estaba huraño y pálido en extremo. Sin embargo, Julieta todavía quería pensar que aquella situación era pasajera y, como necesitaba creer en sus dos cuerpos iluminando un mismo futuro, decidió continuar con las prácticas en la mejora de Iluminaria para, así, disfrutar de sus plenas capacidades una vez que Oliver y ella volvieran a ser los de antes. Con este fin, fue eslabonando a escondidas de Oliver una cadena de soluciones que acabaron por eslabonarla a ella. Se le ocurrió, por ejemplo, que para liberarse un poco, y sólo mientras se recuperaban, podría ceder la alfombra a aquellas parejas que no disponían de un lugar para cubrirse. Con la excusa de sus inventos, le pidió de nuevo a Oliver que no subiera al desván, y él, que conocía el hermetismo que ella necesitaba para trabajar, no cuestionó sus explicaciones. La voz de Julieta corrió de boca en boca hasta que el tapiz comenzó a funcionar. Llamaban a las puertas de la casa manos enlazadas en busca de intimidad y secreto, y ella se las abría rogándoles por las escaleras que no hicieran demasiado ruido. Sin embargo, pronto le entristecieron algunos inconvenientes. Por una parte, estaba la irregularidad de las visitas, que hacía imposible prever las provisiones de electricidad con las que podían contar, lo que irritaba aún más el humor de su querido Oliver. Pero más grave le resultó distinguir en las parejas mucha clandestinidad y poco corazón, y esta circunstancia la decidió a dar el siguiente y último paso. Resignada a la calcificación de las almas, resolvió negociar con su ruindad en beneficio del generador, y hasta que su relación con Oliver sanara, ella proseguiría trabajando en las posibilidades del invento gracias a la energía que únicamente un engranaje sería capaz de ofrecerle en tan grandes cantidades: el prostíbulo.

Julieta no eligió a las chicas, más bien ellas eligieron a Julieta, al desplegarse en un aura de indefensión y humanidad que envolvía a todo el grupo, siete mujeres ambulantes e inseparables que convirtieron el desván en un barco de vapor. Por turnos, hicieron de la alfombra una caldera que por primera vez silbaba a pleno rendimiento. Pronto la casa comenzó a darles más energía de la que necesitaban, y si bien ni una pequeña partícula de luz provenía de las noches de Julieta con Oliver, ella no podía dejar de celebrar las capacidades eléctricas del cuerpo humano y, una tarde, se unió al grupo. Oliver, ajeno a la fuente que surtía de electricidad su televisión, su radio, su máquina de afeitar, se acomodó en la indiferencia, hasta que finalmente la descubrió. En menos de un día barrió todas sus cosas fuera de la casa y se fue. No hubo lugar para explicaciones. Se habían perdido para siempre, aunque Julieta nunca quiso saberlo, y pasó su vida de invierno en invierno, esperando puntual a Oliver, en la misma alfombra donde cada noche marchitó su belleza contra un hombre diferente; la alfombra que las chicas solían llamar, para alegrarla, voladora.

Nuevo Reino

Gilda es una excelente nadadora. Aprendió a nadar antes que a caminar, y su cuerpo tiene la forma alargada de una criatura hecha para el agua. Una vez, cuando era pequeña, sus padres vaciaron la piscina de la casa de campo para limpiarla durante algunos días, y por la mañana encontraron a Gilda boca abajo intentando avanzar dando brazadas de rana en el cemento seco. Debía de llevar allí bastante tiempo, porque cuando la sacaron estaba toda magullada, especialmente en sus pequeñas rodillas, sus codos de niña y la barbilla diminuta, que ahora que era barbilla de mujer seguía conservando una pequeña cicatriz, testigo de aquel día sin agua. Desde entonces adquirió la costumbre, cada vez que sentía miedo, de tirarse al suelo en el intento de escapar a nado.

Gilda recuerda aquel momento de veinticinco años atrás con más motivo que nunca, porque desde hace pocas semanas vive, por fin y felizmente, rodeada de mar. Recuerda también el día de su nacimiento, que le había descrito muchas veces su hermano mayor: «Estás viva de milagro, porque cuando naciste tu cuerpo era tan resbaladizo y viscoso que te escurriste de entre las manos de los médicos como un pescado. Qué horror. Una enfermera te agarró justo antes de que tocaras el suelo, te lavó, te secó y comprobó sorprendida que no te podía desprender de la piel aquella gelatina que te cubría. Cuando mamá te tomó entre sus brazos y te besó la cara, te apartó de su boca cuanto pudo y dijo algo como "molusco" y "escalofrío", y se negó a darte el pecho... A mí sí me lo dio, pero a ti no».

Ahora que un segundo milagro en la vida de Gilda la ha colocado en el espacio submarino, en su entorno, expresa su vida recién lograda escribiendo algo parecido a unas cartas. Pero Gilda no está sola, sino con su hombre, y ella, de vez en cuando, le lee lo que escribe. Entonces, la mayoría de las veces, él la besa y le dice que él también firmará esas cartas como suyas y que, mientras piensan cómo enviarlas, la ayudará a enterrarlas en algún buen lugar en la arena, para protegerlas de las mareas, o quizá las metan todas en una botella abandonada que han encontrado. Jacques, que así se llama él, es además de ella la única persona que queda, si bien ambos todavía piensan que hay otras almas allá afuera, en la superficie, al otro lado de aquel fondo remoto y alejado de la multitud. No saben, pues, que no hay en el mundo más multitud que ellos.

«Querido Yves», redacta Gilda en una de las cartas, «ahora ya no soy tu vecina; ahora mi casa estará ocupada por otra persona, seguro que más tranquila que yo, quizá otra pareja, que no te despertará con sus gritos, ni te hará llamar a la policía para callarlos o para comprobar que no se han matado entre ellos; seguramente, ni siquiera tendrás

58

que acudir a tus advertencias más livianas, como golpear con los nudillos la pared de tu dormitorio, que daba a nuestro salón, para pedir silencio. Desde donde te estoy escribiendo, estimado vecino, puedo dar cuantas voces quiera, tú no me escucharías, pero... ¿Sabes una cosa? Desde que estoy aquí ya no grito. Tampoco rompo las cosas contra el suelo o las paredes, de nada me serviría porque aquí todo es arena y agua, pero el motivo principal es que no las rompo porque no tengo ganas... desde que estoy aquí, insisto. También has de saber que terminé dejando a aquel matemático de carrera brillante que no se cansaba de explicarme en el portal de nuestro edificio por qué es irracional tenerle miedo a un ascensor. Lo dejé por otro más parecido a mí, inadaptado a nuestra raza, hábil sorteador de ascensores, que está aquí conmigo. Se llama Jacques Köening y nuestra relación corroboró para todos mi puesto de fracasada. Quizá te habría gustado vernos juntos para apreciar toda la gama de grises que un ojo puede percibir en tu mundo, pero en el mío Jacques era y es un faro amarillo, blanco, rojo, y carne de mi carne. Yo espero que la armonía de tu matrimonio no se quiebre nunca, que el concierto de tu mente sea siempre el que lucías entonces y que, alguna vez que otra, puedas incluso permitirte el lujo de posar tu mirada altanera sobre alguien como yo, una pluma frágil y miedosa. Pero espero, sobre todo, que el destino te guarde de recordar mis llantos en el temblor de tu hijo, si llegara a torcerse aquel bebé que teníais cuando yo vivía allí y para quien pronosticabais orgullosos, cual videntes, un crecimiento perfecto.»

Gilda y Jacques Köening habían levantado con mucho esfuerzo la tienda donde vivían, una mañana en que soplaba un vendaval subacuático. Allí estaban, los dos solos, abandonados en una pampa de océano por inútiles, y esa palabra, inútiles, en plural, fue lo último que escucharon antes de que alguien les empujara al vacío, al mar, desde la aeronave. Tras una inmersión de muchos metros tocaron fondo. Se pusieron en pie con dificultad debido a las fuertes corrientes marinas, y para protegerse no tuvieron más remedio que empezar a desliar a toda prisa la tienda que habían tirado tras ellos en forma de fardo. A Gilda su pelo rojizo le cruzaba la cara en diagonales, pero lo que tapaba sus ojos era la arena, que le escocía la piel y le hacía levantar su nueva casa con los párpados apretados, prácticamente a ciegas. A Jacques le ocurría lo mismo, y ambos se agarraban con una mano a un bastón clavado en el suelo, mientras con la otra realizaban las maniobras de construcción, como dos marineros aguantando un mar impetuoso. Una vez terminaron de montar la pequeña carpa se metieron dentro a vivir y a limpiarse los ojos con un pequeño pañuelo, con cuidado de no arañarse. Al cabo de algunas semanas fue cuando Gilda comenzó a escribir las cartas.

«Jacques, que acaba de despertarse, me pide que te mande recuerdos», escribe Gilda a su mejor amiga. «Deberías venir a vernos, pero ¿cómo indicarte el camino hasta este lugar? Nos vendaron los ojos durante el trayecto y sólo recuerdo las voces de los dos hombres que nos soltaron aquí. Quizá podrías, si te describo aquellas voces, encontrarnos a través de ellos, pero no alcanzo a imitar su timbre mediante estas letras. No obstante, no quiero que te confundas, amiga mía, me encantaría que nos visitaras, pero ni yo ni Jacques querríamos salir de aquí. En esta nueva tierra habitamos rodeados de horizonte; somos vidas fluorescentes que antes vivían encerradas en cajones y ahora fluyen surcando aguas y dunas, de arenas tan finas que parecen vírgenes, tan puras que cada vez que nos alejamos en nuestros paseos un poco más y le ganamos unos nuevos metros a estas profundidades, detenemos los brazos a la altura de la cabeza antes de extenderlos en un nuevo impulso y decimos "perdón"... y podría ser que nuestras brazadas sean un delito, cómo saberlo, pero si somos criminales nos sentimos absueltos, porque ¿habrá tierra más encantadora que esta tierra sin puentes? Para Jacques y para mí atravesar un puente era imposible, como tú sabes, equivalente a enfrentarnos a un incendio, a un tigre, a una paliza; tan temible como entrar en un banco, pagar una factura, o renovarnos el documento de identidad... En cualquiera de esos casos, y en otros, Jacques y yo nos tirábamos al suelo e intentábamos alejarnos aleteando en plena calle, hasta que alguien llamaba a emergencias y la ambulancia nos sacaba de allí. Decidieron expulsarnos por este tipo de cosas, supongo, y porque éramos algo más grave que sólo dos inútiles, éramos algo peor: un solo inútil al cuadrado. Pero seguramente no sabían, ni saben, querida amiga, que nos han descubierto nuestro hábitat natural, y que por las noches y por el día nos movemos como pez en el agua, en este mar antiguo que mezcla nuestros cabellos y que seguramente nos ha esperado, paciente, durante milenios.»

Jacques y Gilda se habían conocido en un vuelo de seis horas, pero como Gilda se había sedado antes de entrar en el avión no reparó en él, que estaba a su lado, hasta tres horas después de estar en el aire, cuando los efectos de los calmantcs cmpczaron a rcmitir para devolvcrle la visión clara y aterradora de su realidad, comprobarse a sí misma en un asiento de ese tubo volante que finalmente no había podido evitar debido a la urgencia del viaje. Mientras los favores de la droga la abandonaban alguien anunció la entrada en una zona de turbulencias y ella sintió miradas delatoras, le cayó el vacío dentro del estómago y el peso de estar en el cielo sin avión con todos los pasajeros cargados a su espalda. Las turbulencias eran fuertes y empezó a sudar y a temblar, le entró vértigo, y se agarró con violencia al brazo derecho de Jacques y gritó repetidas veces: «¡No puedo!». En respuesta, Jacques, a quien aún no conocía, hundió la cabeza en el pecho de Gilda, lloró y gritó: «¡No podemos!». Dos azafatas se apresuraron hacia ellos zigzagueando por el pasillo, alarmadas por los gritos. Intentaron mirarles a la cara para tranquilizarlos, pero los dos eran una sola bola escandalosa, de acústica intensa e intocable. Fue la misma Gilda quien, agotando el último instante de reflexión antes de su propio caos, pudo sacarse del bolsillo trasero del pantalón algunos comprimidos que repartió entre su boca y la de Jacques, debajo de cada lengua. Diez minutos después, cuando la intensidad de las turbulencias no había amainado todavía, sus gritos comenzaron a aplacarse y cayeron en un sueño profundo de sobredosis.

«Aquel sueño inducido por los fármacos nos llevó del aeropuerto al hospital», continúa Gilda en otra carta. «Tú viniste a verme y me hablaste como solía hacerlo Elrik, mi novio en aquel entonces, y tu mejor amigo. Empezaste por cosas sin importancia y cuando Elrik llegó comenzasteis vuestro discurso, que no era nada nuevo, aunque aquella vez me pareció notar que vuestras palabras surgían con más suavidad o delicadeza, casi diría que con dulzura, casi me atrevería a decir que con piedad... seguramente mi imagen encamada os tocó alguna fibra sensible, pero las palabras en sí eran las mismas, que fluían en las mismas frases, porque había anécdotas que os encantaba repetir, anécdotas con la palabra "pollo", con la palabra "aceituna". "Gilda", me decíais con tono aleccionador, "no es normal ese miedo que tienes de atragantarte con una aceituna que ni siquiera te has metido en la boca". Yo recibía las mismas advertencias con un aburrimiento que también era el mismo de siempre. Elrik evocó entonces el día en que fuimos los tres a la playa con un pollo asado que nos habían troceado en la tienda. Aquél era vuestro recuerdo preferido para hacerme ver a mí y a cualquiera qué mal funcionaba mi cabeza. Estábamos comiendo en una gran toalla extendida a unos metros del mar cuando yo os dije que se me había atravesado un hueso del ave en la garganta. Vosotros os reísteis, porque aquel día estabais de buen humor, y os fuisteis a dar un paseo. Tardasteis en regresar casi una hora. Mientras tanto yo, sobre un cuadrado de arena húmeda y apisonada, conseguí reconstruir el esqueleto del pollo, y cuando llegasteis os dije señalando una parte del cuello del animal: "Aquí falta un pequeño hueso, ¿veis?, éste debe de ser el hueso que se me ha atascado en la garganta". No me respondisteis nada, se os acabó el buen humor y me dejasteis sola en la playa, segura de que algo me estaba obstruyendo el paso del aire a mis pulmones. El día del hospital, como tantos otros, me cacareasteis esta historia a los pies de mi cama, como dos gallinas cluecas, pero claro, por aquel entonces tú, querida Silvia, no sabías lo que habría de llegarte pocos meses después; si lo hubieras sabido es de suponer que el día del hospital te habrías quitado la ropa, los zapatos, y te habrías metido conmigo en la cama a secarme el sudor del sufrimiento, que es lo que yo hice contigo cuando tú te viste en mi situación... ¿recuerdas? Todo empezó en tu último concierto de piano. Estabas vestida de blanco y negro, solemne, divina, enfrente del público más docto, y de repente, así sin avisar, se te congeló toda tu seguridad de años, se te agarrotaron las manos, el cerebro, las teclas del piano dejaron de obedecerte, y alguien tuvo que suspender el concierto. Tu impecable carrera musical se truncó desde aquel día hasta el punto de que llegaste a aborrecer el instrumento con el que habías crecido. Yo sí me metí en la cama contigo cuando te ingresaron en el hospital, y cuando mi piel rozó la tuya bajo las sábanas me miraste con ojos febriles y me dijiste atormentada: "Oh, no... Se me ha atragantado el piano, a mí, a mí que nunca llegué a comprender que tú pudieras atragantarte con una aceituna o un hueso de pollo que no habías ingerido". En aquel momento me comprendiste, querida Silvia.»

Muy poco después del concierto que Gilda rememora, dos hombres vestidos de blanco irrumpieron, de madrugada, en la casa donde vivía con Jacques. Como ellos se sujetaban con fuerza a la cabecera de la cama, a ella la azotaron y a él le cortaron de un tajo las puntas de los últimos dedos que resistían agarrados a las tablas. Todavía sangraba algo cuando los arrojaron al mar. Aquel día los dos hombres de blanco les habían dicho que estaban limpiando el mundo y, desde entonces, en la intimidad del océano, Jacques muchas

64

noches toca las mejillas de Gilda con los extremos rojos y sesgados de sus dedos y le dice: «Yo creo que aquellos señores debían de ser ángeles». Gilda transcribe sus palabras en una de sus últimas cartas:

«Querido Elrik, Jacques me habla de ángeles mientras yo estoy feliz y embarazada. Te escribo sin saber si el mundo fuera de estas aguas, si tú y todos los que no somos Jacques y yo, existiréis todavía porque, llámame crédula, pero esta tarde he creído la palabra de unas criaturas que danzan por estas tierras. Nos han dicho, con ternura, que fuera de este entorno todo va a perecer... Dime, Elrik, ¿habéis perecido ya?... Yo no lo sé, pero si no es así y recibes esta carta, quiero decir, si a pesar de que yo no te la envíe (porque no sé cómo hacerlo) llegas a recibirla, por algún medio de explicación extraordinaria que se nos escapa y que tú no querrás creer, quiero que sepas que tú y todos sois bienvenidos en nuestro pequeño iglú acuático. Quizá para entonces aquí ya seremos tres, porque también nos han afirmado que nuestro bebé es una niña que nacerá dentro de veinte semanas y tres días. Ellos la han llamado Valentina. A Jacques y a mí nos alegra ese nombre, pero todavía tenemos algún tiempo para decidirnos. Lo último que hemos sabido es que después de Valentina vendrán generaciones de niños fabulosos... Oh, Elrik, nunca he sentido un placer mayor que el de escuchar a alguien mencionando a los hermanos de mi primer hijo antes de darle a luz... Dime, Elrik, ¿has tenido tú hijos?, pero antes dime, Elrik, ¿has perecido? Te recuerdo que eso nos han dicho, que fuera de este mundo tú y el resto os extinguiréis o ya os habéis extinguido, en un derrumbe de puentes, de bancos, de aviones, de huesos de pollo y de aceitunas que me asustaron... No pensaré más en ti, pero si sigues allí y te decides a venir yo te envío todo mi ánimo para emprender el viaje, mis mejores deseos para la travesía, y me despido por ahora, o para siempre, pero contenta, porque yo creo, llena de esperanza, que Jacques y yo hemos comenzado un Nuevo Reino, donde sólo me resta una preocupación menor:

»¿Cómo abrir mis piernas lo suficiente como para parir al nuevo mundo?».

Bodas de oro

La mañana en que cumpliste setenta y nueve años y yo tenía ochenta y dos, te presentaste con la última de tus ocurrencias. Yo estaba leyendo el periódico en el sillón amarillo, y tú apareciste en la habitación, te dirigiste a mí, y una vez sentada en mis rodillas te inclinaste hacia mi oído para susurrarme: «Los viejos tenemos más miedo a la muerte porque ya hemos empezado a sentir el olvido». Te apreté contra mi pecho, como hacía siempre cuando te me sentabas encima, para confortarte en alguno de tus miedos, pero esta vez también yo me sentí inquieto. Hablar de la muerte era un lujo que no me quería permitir a una edad tan avanzada, y me estremecí aún más cuando entre mis brazos comprobé que tu cuerpo, mi querida Dolores, cabía en la mitad del espacio que antes solía ocupar.

Pero aquella mañana no te sentaste en mí para hablar de viejos y de olvido, sino para hacerme una proposición. Con esas palabras habías entrado en la sala, «tengo una proposición», dijiste, con la firmeza que te caracterizaba cuando pretendías convencer de que por una vez, aunque fuera sólo por esa vez, el mundo no debía tener en cuenta tu tendencia a llenarte la cabeza de pájaros. Después vino aquel susurro a mi oído, y entonces me agarraste la cara entre las manos y me contaste tu plan de manera apresurada. «Es un gran plan», fue lo primero que te respondí, con la promesa firme de apoyarte y, aunque en mi apoyo no había novedad alguna, quizá ni siquiera en mi manera de expresarlo, sí la había en otro factor: esta vez también yo estaba persuadido de que aquél era un buen plan. Puesto que tú misma eras a menudo consciente de la inviabilidad de algunos de tus proyectos, mi convencimiento en esta ocasión te dejó maravillada, y comenzaste a entrar en detalles.

Una mezcla de expectación y bienestar me hizo reacomodarme en el sillón. Te olía mientras hablabas. Sabía que el tiempo también tenía un olor, pero me pareció mentira que ese olor estuviera ahora en la compañera de mi vida, y acerqué más mi nariz a tu boca. Cuando terminaste de hablar te agarré tu moño encanecido y lo solté para que te cayera en una melena poco abundante que te llegaba por la cintura. Mientras te peinaba con mis manos te hice saber que de todas las ideas que habías tenido en la última década, aquélla había sido la única genial.

Después de tantos años de vida había llegado a ser ya un tópico entre tus familiares y conocidos la idea de que tenías un toque de excentricidad. Para algunos, ese toque no era más que inmadurez, mientras que para otros te convertía en una persona preciosa y singular. Ni unos ni otros, sin embargo, habrían envidiado nunca esa particularidad tuya, porque todo el mundo coincidía en que fuera lo que fuera aquel rasgo distintivo te hacía sufrir mucho.

Conocerte y enamorarme de ti fue todo uno, hacía ya de esto cincuenta años. Te me presentaste como el ser más incongruente, como una libélula de cemento que, liviana en su apariencia, tenía que soportar un peso excesivo. Me enloquecí por aquella criatura y decidí compartir cualquiera que fuera tu carga durante el resto de mi vida. Es cierto que quizá en un principio la carga no me pareció tan pesada como llegó a serlo al cabo de poco tiempo, pero yo siempre había sospechado que aquel amor sería trabajoso, y lo acepté, como aceptaba todo, incluido tu matrimonio, que me lesionó de por vida, y me produjo esta tos que se ha convertido en mi seña de identidad, y que el doctor siempre ha diagnosticado como bronquitis crónica porque él desconoce los síntomas que produce la abnegación de compartir a una mujer, síntomas entre los que destaca una tos como la mía, una tos granítica y obstinada. Lo único crónico en mi enfermedad ha sido tu marido, pero eso el doctor no ha aprendido a auscultarlo.

Aquella mañana contigo en mis rodillas también tosí, un poco, y a ti, a tus tantos años recién cumplidos, se te llenaron los ojos de agua, y todavía excitada por mi reacción hacia tu plan me besaste, continuaste hablando y te interrumpiste para preguntarme:

—¿Te acuerdas de Paula?

—Cómo no recordar a Paula —te respondí—. Tuve que dominar el llanto cuando nos separamos de ella aquel día en el zoológico. La jaula donde la alojaron no era tan grande como nos habían prometido.

—Es cierto, aquél era un espacio muy pequeño para ella —dijiste, reflexiva, mientras yo miraba las arrugas de tu cara y me decía: «Mi mujer tiene las arrugas de una elefanta, los pliegues llenos de barro seco de una elefanta madura». Oh, Paula... ¿Nos guardarás rencor? ¿Se esforzarán tus párpados caídos sobre los ojos colosales y redondos por encontrarnos entre la multitud que visita el zoo y se detiene frente a tu jaula? Dolores se había empecinado en comprarte hacía veinte años con la idea de que nos sobrevivieras. «Ni un perro, ni un gato ni otra mascota de vida breve», dijo, y escogió un elefante por su longevidad, conciliando de aquella manera su deseo de tener un animal y su rechazo a enterrarlo, a enterrarte. Paula... cuando llegaste a la casa aún eras una cría, y estuvimos durante meses dándote el biberón. Al principio dormías en el patio y, como tu llegada coincidió con el verano, dormí muchas noches sobre tu barriga de bebé gigante, con una toalla doble bajo la cara para amortiguar tu duro vello de animal, mientras Dolores dormía en otra cama, su cabeza apoyada quizá en la barba de su esposo, tal vez desvelada por el cosquilleo de un fino pelo de él, que se le metía insistente en la nariz, o en el lagrimal.

Ay, Dolores, en días como aquel en que compramos a Paula me dolí de tener demasiado dinero, y de no haberte conocido cuando no me sobraba ni un céntimo habría pensado que tus voluntades eran fruto del capricho. Sin embargo, de sobra sabía que esos arrebatos eran sólo tu lucha contra la pena que caracterizaba tu ánimo, que aún hoy acarreas, que yo acarreaba contigo encima una vez más aquel día, en nuestro sillón amarillo, a ratos radiante de viveza, a ratos apagada por los recuerdos, pero risueña, siempre risueña, mostrando tus dientes, tus nuevos dientes, los que te habían puesto hacía cinco años. Verlos aparecer y desaparecer aquella mañana, tan limpios, tan blancos, tan anacrónicos en tu cara, me hicieron añorar tus dientes originales, los primitivos...

—¿Todavía se conservarán enteros? —te pregunté.

—¿El qué? —contestaste.

—Los dientes. ¿Estarán todavía intactos? Me gustaban mucho aquellos dientes —te dije.

—Los dientes... dices —contestaste tú—. Mis dientes... No sé si seguirán igual, no los he visto durante los últimos años.

Y en efecto, ni tú ni yo habíamos entrado desde hacía tiempo en esa pieza minúscula pero con una decoración refinada que tú habías reservado, en la zona menos húmeda de la casa, para la custodia de los trozos que se nos caían, de uñas, de pelo, pero sobre todo de dientes, los de nuestros hijos cuando eran pequeños, los del ratoncito Pérez, los tuyos, los míos; la habitación de marfil, te gustaba llamarla, a pesar de que era muy probable que el único marfil que quedara fuera el de los dientes de leche de Paula, porque el resto ya sería sólo arenilla, una arenilla que fue la responsable de que cerraras la habitación para siempre, cuando un día, mientras le limpiabas cuidadosamente el polvo a uno de mis colmillos, éste se te disolvió y manchó de gris tus dedos, un gris como el que sueltan las alas de las mariposas, que detestas desde entonces.

En estas atenciones, en tus uñas, en tu pelo, en tus molares, me sobrevino un vigor sexual que me hizo empezar a desvestirte en aquel mismo sillón. «Sin prisa», me dijiste, «lentamente, tal como deshicimos nuestra casa.» «Qué ocurrencias tienes», te dije yo. La demolición de nuestra casa nos ocupó años, porque más que una demolición fue un desmonte, porque tú insististe en que tenía que desaparecer como había aparecido, paso a paso, en este caso piedra a piedra. Todo tuvo que hacerse según tus indicaciones, meticulosamente, desmontando desde el tejado hasta los cimientos de la manera más limpia posible, como en un juego de palillos chinos armado para mostrar al más diestro, sin tocar una única habitación, la del sillón, «suficiente para los dos», dijiste, y yo, como tantas veces después, repetí «pero qué ocurrencias, Dolores».

También tú comenzaste a encenderte, y tus manos me iban rozando la cara como si no me vieras, tus manos menudas, de un rosa translúcido como la membrana de las orejas de una mascota diminuta, las mismas manos que cuando eras niña te habían ocupado en juegos de construcción infinitos, donde montabas bloque de plástico sobre bloque de plástico, formando casas de muñecas en forma de búnker. Como la vivienda que me hiciste construir, aquellas maquetas de juguete se distinguían por no tener ni una sola ventana, «para que los niños no se caigan», decías cuando alguien te preguntaba, y esa respuesta que resultaba ingeniosa cuando eras niña resultó a veces difícil para mí, no cuando estábamos solos, pero sí cuando llegaron nuestros hijos, que crecieron en un hogar iluminado día y noche con luz artificial. Nuestros hijos, los tuyos conmigo, fueron los mismos que acudieron a tu llamada para las tareas de demolición de la casa.

Exactamente así, como piedra por piedra, yo te estaba desnudando. A menudo lo hacía de esta manera, como dándote las gracias por algo, aquella mañana agradecido por tu último proyecto. Te sacaba un brazo por una manga, te sacaba el otro brazo por la otra manga, y cuando tenías la camiseta enrollada en el cuello, te la retiraba subiéndotela por la cabeza con el cuidado de un artificiero, de manera que casi no te rozara el rostro. Entonces aparecían ellos, aquel día como tantos otros, a la vista, tus pechos pendientes de un escote salpicado de motitas marrones, apuntando hacia abajo... «9,81 m/s², es la aceleración de la gravedad», dije para mí, mientras me esforzaba, por mi parte y también una vez más, por desafiar esos valores, hasta relajarme sólo cuando comprobaba que mi figura vertical quedaba cortada por aquel miembro que me dividía felizmente en dos ángulos rectos, y que segundos más tarde desaparecería en tu cuerpo, devolviéndonos a ambos la concordia de la línea. Mis ochenta y dos años cayeron encima de tus setenta y nueve, o al revés; ciento sesenta y un años se juntaron un día más en el sillón amarillo, al principio no sin cierta resistencia física por tu parte, que debías conformarte con ver disminuida tu lubricación a pesar de la lozanía de tus ganas, «cosas de la edad», solías decirme llegados a ese trance, con un candor de adolescente, hasta que yo te eximía de ese resentimiento con sexo y amor, en medio de otra petición, porque aquel día me hiciste otra petición: «Como en el gimnasio, házmelo otra vez como en el gimnasio», y yo intenté recrear aquella escena tan querida por los dos y tan remota, cuando el ejercicio físico era para ti la sensación de sumarte años de vida. Era la época en que cuando corrías en la cinta te imaginabas que ibas comiéndote fichas en un juego de mesa, y que con cada ficha ganabas tiempo. Algunos días pensabas que por cada diez minutos a nivel máximo la vida se te prolongaría un segundo más; otros, algo menos exigente, considerabas que el nivel no importaba, tan sólo la velocidad, por eso corrías más que nadie. La tarde que mencionaste tantas veces después había sido una tarde extraña en la sala de musculación. Aductores, abdominales, poleas, bicicleta, mancuernas... ambos nos deshicimos en todo tipo de ejercicios, y al final, en el agotamiento, sin pensar que el cuerpo podría darnos para más, con las fuerzas debilitadas a ras de suelo, nos levantamos mutuamente, entre hierros y colchonetas. No sabíamos entonces, mi querida Dolores, que acabábamos de conocer el clímax de nuestros mayores, de nuestros abuelos, de nosotros mismos a los ochenta años en el sillón amarillo, donde una vez más, ancianos ya satisfechos, con el rumor de mi tos acostumbrada, retomamos el hilo de nuestra charla, tu proposición de dejar, para siempre, a tu marido.

De la mar el tiburón, y de la tierra el varón

Ni siquiera me he atrevido a decírselo nunca a Helena, mi amiga fiel. Es lo primero que he pensado al despertar. Los listones desvencijados de las persianas filtran la luz de lo que podría ser un nuevo día. Todavía estoy en la cama, y empiezo la jornada como la acabé, escribiendo mis recelos en estas hojas que justifican mi aislamiento. Qué solos nos encontramos cuando sentimos que el compartir nuestra angustia sólo servirá para que se cierna sobre nosotros el índice del testigo de nuestras confidencias. En esos momentos no encontramos alma humana que nos reconforte. Los ojos que nos miran buscan en nuestras dudas la aceptación de las suyas y, acto seguido, nos censuran con un grito en el cielo. Los ilusos piensan que sus tormentos enflaquecen al lado de los nuestros.

Helena no me juzgaría, eso no, pero podría alejarse para siempre de mí, y yo no quiero arriesgarme a eso. Igualmente, quizá algún día tenga que decírselo, porque cada vez que la miro a sus ojos tan negros y brillantes pienso que no puedo negarle el derecho a conocerme tal como soy. Hay quien descubre su homosexualidad a sus seres queridos a una edad relativamente avanzada, digamos a los veinte años. Yo estoy en esa edad, pero no me encuentro respaldada por ningún grupo, no soy lesbiana, ni bisexual, ni ningún médico acaba de averiguar que tengo un aparato reproductor masculino escondido en mi cuerpo de mujer. Si al menos fuera vegana, o negra albina, o feísima, quizá pudiera respaldarme en alguna comunidad de minorías, y formar un subconjunto, una minoría dentro de la minoría, algo así como una minúscula partícula de mercurio que se pega inmediatamente a una gota más grande. Pero yo no, yo que no llego ni a gota sospecho que nunca podré alcanzar la categoría de un subconjunto, y me imagino la palabra escrita en el cielo con letras grandes: «Minoría», entre nubes de algodón, y miro esas letras desde abajo, y yo tan diminuta, y con tanta envidia a esos grupos humanos discriminados. Pienso en otras posibilidades, alguna de tantas enfermedades raras, un síndrome degenerativo, o aunque fuera obesidad mórbida... quizá así pudiera al menos apuntarme en la lista de espera para hacerme una reducción de estómago, quizá ahí mis compañeros en la lista y en el sobrepeso me apoyarían porque, al fin y al cabo, con la carne se relaciona mi problema. Pero no, ni siquiera podría contar con ellos, porque sus carnes están hechas de pescados, de lechugas, de vacas o pan, pero la carne que a mí me llama es la carne racional, la carne de las personas, aunque no de todas.

Aún no he subido las persianas y escribo a media luz. Tal como me he despertado he cogido esta libreta como para mitigar las ganas con las que me acosté ayer después de encontrar a mi vecino en el ascensor. Como tantas otras veces que nos hemos cruzado, tan sólo nos hemos dicho un hola y un adiós, pero la atracción es mutua, aunque seguramente él ahora piensa en mis labios, o en mi nariz o en mis pechos, y yo pienso en cómo le sobresale la nuez en medio de su cuello, y en su olor. Ya de niña siempre me olía mejor cualquier corte en la mano de un amigo que un asado, y con mi primer periodo aprendí a diferenciar la carne según el sexo. Entre todas las carnes, la humana era para mí, aunque inalcanzable, la más apetecible, y de la humana, sólo la de hombre; por eso, si tenía que elegir entre cordero o cordera, entre vaca y toro, entre cerdo y cerda, por norma descartaba a las hembras. Aquello fue considerado siempre un enigma por mi familia, pero no tuvieron más remedio que aceptarlo, porque las veces que mi madre intentó infiltrar en mi plato un filete de ternera diciéndome que era de buey, yo acababa vomitándolo todo en la mesa, sin tiempo siquiera de llegar al baño. Claro, como lo ponía todo perdido, mis padres no tuvieron otra que declarar el señorío absoluto de los machos en las cacerolas y pucheros, y en nuestra casa no había hembra que entrara por nuestra boca, a excepción de lo que mi padre pudiera hacer con mi madre en su dormitorio, que ahí ya no me metía.

Otra vez es de noche, odiosa noche que no hace más que revolver la bilis que acumulo dentro. Mis obligaciones se encargan de que los días sean más soportables, y el día de hoy ha pasado así, como pasa lo que tiene que pasar, lo cotidiano. Las clases en la universidad me arraigan a esa cotidianeidad y por eso las mañanas se me hacen más llevaderas. Pero cuando llega la noche ni siquiera en la cama logro fijar las paredes, la lámpara, la mesilla de noche, que se mueven y suenan como cargadas de termitas inquietas, y el sueño me llega ya de madrugada, cuando el cansancio es tan grande que ahuyenta cualquier peligro.

Al despertar, esta libreta es, una vez más, mi único sosiego. Recuerdo cómo fue la primera vez que tomé conciencia de mi apetito por la carne de nuestros semejantes. Yo tendría unos diez años. Estaba en un colegio de monjas y el tercer jueves de cada mes venía un cura a la capilla del colegio para ofrecernos confesión y eucaristía. Era un cura bastante joven y, como era el único hombre que podía entrar en el colegio, era un curita multiusos porque lo mismo servía para decir misa que para sustituir a las profesoras de matemáticas o de flauta dulce. De esta manera, durante el periodo lectivo había siempre dos ocasiones que las niñas esperábamos como agüita de mayo: el momento en que una de las monjas caía enferma y un jueves de cada mes. Esto significaba que si por una racha de mala suerte ninguna de las monjas sufría un altibajo en su salud de hierro, y por la misma mala suerte era el cura el que se nos enfermaba, entonces corríamos el riesgo de pasarnos sin él hasta dos meses, que fue lo que sucedió aquella vez que ahora recuerdo. Y tengo que decir que todas nosotras empleábamos más de la mitad de nuestras oraciones en pedir que nuestro cura conservara su lozanía. Pero aun así llegó el día que todas temíamos, y el padre cayó enfermo y no lo volvimos a ver hasta dos meses más tarde, que vino a decir misa. El día de su regreso algo pasó; yo no sé si serían las ganas contenidas después de tanto tiempo sin verle, pero el caso es que cuando fue a darme la sagrada forma yo me llevé un pedacito de su yema del dedo, y en mi boca se mezcló el sabor de la sangre del padre con el sabor de la hostia, que yo me recreaba en imaginar rosa como un chupa chups de fresa ácida. Él no llegó a quejarse, haciendo gala del temple que se espera de su rango, y total, fue sólo la puntita del dedo lo que me llevé, pero suficiente para confirmar lo que ya venía sospechando. Desde entonces, como una bestia cebada, más temible por conocer el sabor humano, tuve que cargar con este secreto, que se hizo más duro de soportar cuando salí del colegio de monjas y se me abrieron las puertas a un mundo donde casi la mitad de las personas eran hombres.

Helena estuvo conmigo en el colegio, Helena salió conmigo del colegio, siempre inseparables, y ni en ella, que a veces me conocía mejor que yo misma, me atreví a relajar mi carga. Ahora lo único que sabe es que ayer el vecino que me gusta y yo hablamos por fin por primera vez, y que esta noche tenemos una cita. Hemos quedado en su casa para cenar antes de salir, pero los dos sabemos que no saldremos.

Efectivamente, ayer no salimos de su casa, hasta que yo me vine por la mañana a la mía, para no dejar de escribir un capítulo tan importante en la historia de mi secreto. Ambos estábamos ya sin ropa alguna cuando saltamos a la cama. Sólo el amor que sin conocerlo ya sentía por él me diferenciaba de un animal, porque desde un principio le mantuve inmóvil bajo mis piernas, mis dedos se apretaban fuerte en sus clavículas y mis tobillos anclaban sus pies. Él no parecía extrañarse de una fortaleza que no se correspondía en absoluto con mi apariencia física y, muy al contrario, se inclinaba ya a introducirse en esa hendidura que en tales momentos nos lleva a la infinitud. Entonces, abandoné la mesura del erotismo y empecé a saltar con tal sincronización y con

79

tal fuerza que bien podría haber inspirado el diseño de una máquina de hacer vida. Y no me hubiera importado en absoluto ir engendrando niños a la vez que le introducía hasta lo más profundo de mi tronco, tal era mi conciencia de mujer vivificante. En cada descenso mi boca se precipitaba contra la suya y luchaba para que los bocados que le daba en los labios, en su lengua, no rompieran su piel, pero era difícil, porque cuanto más le chupaba y le mordía, más fuerte era mi necesidad de atravesarle hasta el corazón. Un sutil sabor a sangre se instaló en mi boca. Cambié de posición y me puse de espaldas a su cabeza, sentada en su pelvis y con mis manos en sus rodillas. Noté un ligero vértigo, un líquido como un hormigueo que bajaba hasta mi ombligo, y fue entonces cuando me miré el pecho y descubrí, emocionada, la mayor sorpresa de mi vida: ¡me faltaba medio pezón! Ahora, con medio pezón mutilado me siento más integrada que nunca. Ahora me atreveré a decirle a Helena que yo no soy la única que codicia orgullosa el bocado del sexo opuesto.

La loba

Ayer una señora me pidió que le enseñara el recién nacido que ocultaban mis brazos y sus ropas, y cuando retiré las sabanitas para que pudiera verlo, la mujer emitió un grito de terror que fue casi un bramido, al ver que yo, un hombre, un hombre cien por cien, estaba amamantando con mis propios pechos a aquel bebé. Dio dos pasos torpes hacia atrás sin dejar de mirarme, y se alejó corriendo como quien huye de su verdugo. Yo me sorprendí de que en este lugar en ruinas y en llamas todavía hubiera algo que hiciera posible la turbación de una mujer. Me asombré de que en este infierno del mundo, lleno hasta rebosar de humanos carroñeros, todavía quedaran miradas recriminatorias. ¡Eh, señora, no se vaya, espere! Aquí nos estamos pudriendo todos, nos pudrimos mutuamente, yo la pudro a usted y usted pudre a quien puede... ¿A qué viene esa mirada entonces? A ver, venga acá y muéstreme otra vez esa actitud si es valiente, que estoy deseando firmar mi primer crimen.

Esta situación comenzó cuando la ciudad se vino abajo. Un día estaba en pie y al día siguiente cayó; un día todos dormían en mi calle y al día siguiente ya no había ni calle ni quien pudiera pegar ojo, salvo aquellos que no sobrevivieron, que fueron más de la mitad, o así me parece a mí a simple vista. Supimos entonces lo que era el reciclaje, el puñetazo del reloj dado de sopetón y a la misma vez para todos, la carcajada siniestra de una historia que nos reflejaba a todos como cráneos vacíos, cráneos casi idénticos a los de los manuales de anatomía, cráneos del último adelanto en homínidos, pero que en poco difieren de los cráneos romanos, o de los de las momias egipcias, o del eslabón perdido, o de cualquier cráneo, hasta del cráneo de un lagarto cualquiera.

Cuando miro a mi alrededor el rasgo predominante es la calvicie. Aquí somos todos calvos, si no hoy mañana, pero luchamos sin embargo por poder decir «¡presente!» a cada nuevo día que nos pasa la lista de asistencia. «¡Presente!», dije ayer y quiero decir hoy, en esta aula que es un campo de batalla humeante, en esta propiedad de cimientos sin estructuras, de tejados por los suelos, de suelos entre los cuerpos. Debo de haber dicho ya más de veinte veces «presente», y ahora me dispongo a repetirlo en este nuevo sol. Maldita señora la de ayer, pienso todavía tendido, mientras crujo los huesos de mi cuerpo, que ahora quedan acotados por un fregadero a mis pies y unos neumáticos a mi cabeza. «¡Presente!», digo.

Una vez levantado me fijo bien dónde pongo los pies y comienzo a andar. Camino en línea recta cada día, mucho, camino mucho, sin detenerme hasta la noche, imaginando que después de kilómetros habrá de llegar un cambio, pero qué digo imaginando, soy tan simple como un androide programado para no pararse. El paisaje es siempre moribundo. En mi recorrido sólo hay hedor, náusea, últimos espasmos. Sin embargo, hay algo que no encaja en esta desolación, y es la temperatura. Estando lejos de las zonas que arden, pareciera que ni el frío ni el calor se molestaran en llegar hasta aquí, haciendo la agonía de los que quedan más larga. Tenemos la frescura de un vergel, sólo que sembrado de trozos de todo, de antiguas casas, de antiguas personas. Yo no, yo sigo alzado y de una pieza, porque cuando me siento desnutrido me saco una tetilla y bebo.

Todo el sonido que escucho es hipo, un hipo con una excelente acústica, quizá proceda de los nidos en pie; pero no veo nidos en pie, procede de ellos, son ellos, son mujeres, y hombres, ancianos y jóvenes, y todos me son indiferentes. Los únicos altos en el camino los hago para recoger a cachorros, de animales o de humanos, que encuentro chupando de un pezón seco o agitándose hambrientos en el lugar de su abandono. Cuando les coloco la boca en uno de mis dos pechos peludos chupan hasta que se hartan, y yo continúo mi recorrido, dejándoles en el sitio donde terminaron de mamar, y parándome sólo para recoger a una nueva cría.

Aquellas boquitas como ventosas húmedas no sólo relajan la tensión de mis ubres llenas de alimento, sino que por unos minutos me regalan la satisfacción, falsa pero verosímil, de que voy dejando atrás criaturas que han de crecer, en el mejor de los casos diferentes en todo a los que quedamos, diferentes en todo a mí mismo. Pero no, yo no soy todopoderoso y, a pesar de ser una vaca con un grifo de leche siempre disponible, ahí termina mi poder, y de sobra sé que tanta proteína que les doy no les durará a aquellas bocas más de un día, y lloro mi leche malograda como ellas la lloran también, y sigo caminando.

En las dos últimas semanas calculo que he amamantado a más de treinta niños, a más de cincuenta perros. A todos los dejé saciados, casi con certeza inútilmente, pan para hoy y hambre para mañana, y no he hecho ni excepción ni pausa alguna que me obligaran a demorarme en mi marcha, hasta hoy.

El paréntesis se produjo hace unas horas, cuando la boca de una muchacha me despertó de un sueño profundo y necesario. Tragaba con la misma avidez que cualquier cachorro, pero sus dientes de adulta me lastimaban. Yo estaba boca arriba y cuando abrí los ojos sólo vi una melena encrespada llena de brozas de matorral. La retiré para verle la cara y ella me miró sin despegarse de su plato. Me hacía más daño. Entonces, y con delicadeza, le sujeté una mano, escogí su dedo anular, me lo traje a la boca y se lo chupé sin dientes, como diciendo «así es como debes beber», y ella comprendió y así lo hizo.

Bebió de un pecho y luego se pasó al otro. Amamantar sobre la marcha había empezado a ser mi costumbre, el pequeño tamaño de las crías lo hacía posible, pero con aquella mujer, casi tan alta como yo, difícilmente habría podido caminar sin despegármela, así que haciendo una excepción esperé a que terminara. Después continúe mi viaje, pero con ella detrás.

Cuando es de noche y busco un escondite al abrigo de las alimañas, ella sigue ahí, silenciosa. Cuando tapio la salida de este agujero con una roca, ella ya se ha precipitado a este lado de la guarida improvisada, aquí conmigo. Tiene otra vez hambre y de nuevo se agarra a mi pecho.

En el mes que llevamos de simbiosis (yo le doy mi leche y ella me da compañía), nos hemos apañado para caminar jornadas más largas. Sólo paramos para descansar, mientras yo duermo ella come, y durante el trayecto es ella la que me coloca a los mamíferos en posición lechal, a los bebés que vamos encontrando. Ella me los cuelga, y también me los descuelga con el mismo desapego con que antes yo mismo me desprendía de ellos a fin de no detenerme. Las escasas personas que se cruzan con nosotros la miran a ella, me miran a mí, la miran a ella y me vuelven a mirar a mí, para cerciorarse de que, de los dos, yo soy el hombre y yo soy también la nodriza.

Pero estamos cansados. Somos una pareja cansada que camina por cascotes cada vez más enmohecidos, escombros de las arquitecturas más gigantes que se desgastan discretamente a nuestro paso. Somos una pareja marina encallada en tierra, yo un manatí macho que se confunde a lo lejos con una sirena, ella unas branquias grandes y rojas en un centímetro cúbico escaso de agua. Vamos a pagar este cansancio.

En nuestro trayecto ocurrió algo ayer. Escuchamos un vocerío de súplicas, parecido a los aullidos lastimeros de un grupo de perros de caza atizados por sus dueños en un recinto minúsculo. Desde la distancia asistimos al siguiente espectáculo, que suponemos acababa de comenzar. Tres hombres armados habían maniatado a diez mujeres, mientras que obligaban a otra a un trabajo peculiar. La elegida debía seccionar de un tajo cualquiera de las cuatro extremidades de la primera de las mujeres reducidas en línea, y con el miembro desgajado debía golpear a la siguiente en la fila, mientras la anterior se desangraba observando cómo su brazo o su pierna servía de fusta a otra compañera, a la que se le cortaría a su vez otra de las extremidades para azotar a la tercera, y así sucesivamente. Cuando estaban todas muertas, incluida la carnicera, nos fuimos.

Aligeramos la marcha, cosa que parecía imposible y, efectivamente, pagamos el agotamiento. A decir verdad fue ella la que cayó exánime, pero yo también me detuve. Desde hace tres días parece que está muy enferma, ha perdido el apetito, ya no me come igual que antes. En nuestro obligado sedentarismo elegimos este lugar para detenernos porque parece que hay una mayor concurrencia de gente, necesaria en nuestra situación. Ella está siempre recostada de medio lado. A veces me pregunta qué sucede a sus espaldas, cuando escucha algún ruido, y yo le digo que no sucede nada. Por las noches le paso los nudillos por el espinazo, puede ser que lo agradezca. Por la mañana me ordeño la primera leche para cuando la quiera, y el resto lo vendo por otras cosas, por una cáscara de limón, por un camisón bordado. La gente recoge mi mercancía en unas piedras que yo mismo vacío para tal propósito, partes de estos peñascos que nos rodean y acabarán por sacarme de quicio.

Gabrielle

Arturo, soy yo, llámame cuando escuches este mensaje. Ya
está aquí mamá... Bueno, si no nos llamas tú, volvemos a
intentarlo nosotros más tarde. Un beso.

* * *

De: Camilo R.
Para: Arturo C.
Enviado: Sábado, 4 julio 2009 01:41 P.M.

Hola Arturo,

Te escribo este e-mail para decirte que mamá ha llegado bien y ya
está en casa con nosotros. Fuimos a recogerla al aeropuerto Silvia
y yo, y ahora los niños están abriendo los regalitos que has
enviado con ella. No debías haberte molestado, pero te lo
agradecemos.
Te hemos llamado por teléfono, olvidando completamente que nos
dijiste que esta semana viajarías por motivos de trabajo, y que

seguramente estarías ilocalizable durante algunos días. Te dejé un mensaje en el contestador. Silvia y yo todavía no hemos revisado la meteorología para mañana, pero como seguramente hará buen tiempo la llevaremos a la playa para aprovechar desde ya el motivo principal del viaje, que el sol de este sur beneficie sus huesos y retorne a tu casa más fuerte que antes, tal como nos aconsejó el doctor. Un beso de todos,

Tu hermano

* * *

De: Camilo R.
Para: Arturo C.
Enviado: Lunes, 6 julio 2009 07:29 P.M.

Arturo,

Te escribo para decirte que todo sigue bien. Ayer fuimos finalmente a la playa y mamá no quería ni volver a casa a la hora del almuerzo. Se pasó al menos una hora sentada en la orilla, echándose agua con un cubito y frotándose con arena la piel, ya sabes que el médico también le ha dicho que así se estimula la circulación. Dice que lo ideal es pasear con los pies descalzos por playas de piedras pequeñas, pero como tiene las piernas tan débiles prefirió no moverse mucho.
A pesar de los problemas propios de la edad, Silvia y yo la encontramos bastante bien físicamente, no ha empeorado desde que la vimos por última vez el verano pasado y, en cuanto a la cabeza, por ahora no nos ha dado ningún susto, de hecho parece que le rige mejor que a nosotros, por lo menos mejor que a mí, porque no pierde detalle de nada y se acuerda de todo. Respecto a

la comida, come bien, ni mucho ni poco. Espero que no te canses mucho en tu viaje,

Camilo

* * *

Hola. De nuevo ha saltado el buzón de voz... pero no te preocupes, todo está bien, era sólo para ver si ya habías llegado. Besos de toda la familia.

* * *

De: Camilo R.
Para: Arturo C.
Enviado: Jueves, 9 julio 2009 01:03 P.M.

Arturín, ¿cómo está mi hermano preferido? Supongo que todavía viajando. Hoy estoy contento, y mira, te escribo porque hemos descubierto un sitio excepcional, gracias a una recomendación de mi cuñada, que va allí todos los veranos. Está a 30 km escasos de nuestra casa, y son unos baños romanos en medio de la montaña, que tienen aguas sulfurosas y un barro que la gente utiliza para ciertas curas. Estuvimos allí con mamá ayer, como en la gloria. Primero te pones el barro que tú mismo sacas de entre las piedras, pero sin ninguna dificultad. Luego te cubres con él todo el cuerpo y lo dejas secar al sol, así como si fueras una rana, y después te lo quitas con un baño en la poza, que es bastante grande y profunda. El agua es totalmente blanca, por el azufre (por eso también huele un poco mal), y notas que cualquier tipo de erupción cutánea se te alivia después del barro y del chapuzón. Silvia y yo hemos estado pensando que podrías hacernos una visita con Jorge. ¿Qué te parece? Nosotros estaríamos encantados, y disfrutaríais mucho por aquí. Piénsalo. Un abrazo,

Camilo

* * *

De: Camilo R.
Para: Arturo C.
Enviado: Viernes, 10 julio 2009 04:14 P.M.

Aquí otra vez. Vaya, mamá lleva en nuestra casa menos de una semana y parece que de algún modo tiene hasta más energía. Todo esto le va a venir muy bien. Tiene gracia, porque cada vez que vamos a la playa conocemos a otras personas mayores que vienen aquí por motivos de salud, para aprovecharse del sol. A mí se me acaban las vacaciones el lunes, pero Silvia seguirá llevándola a la playa con los niños todos los días que pueda. Hoy se dio el primer paseo por la orilla, del brazo de Carolina, que vino a la playa con nosotros (¿te acuerdas?, nuestra vecina de la casa antigua), y volvía muy orgullosa de su mini caminata. En los diez días más que va a estar aquí te la devolvemos como nueva. Abrazos y besos de mamá,

Tu hermano

* * *

Arturo, no sé si todavía estarás fuera, pero llámame en cuanto escuches esto. Es muy importante.

* * *

De: Camilo R.
Para: Arturo C.
Enviado: Domingo, 12 julio 2009 08:30 P.M.

Arturo, te llamé esta mañana, pero nada, supongo que todavía no has regresado. Tengo que hablar contigo urgentemente. Esta noche, cuando ya todos estábamos durmiendo, mamá apareció en el salón llamando a Silvia a gritos para que le abriera la puerta de la calle. Se había arreglado y maquillado con esmero. Eran como las dos de la madrugada y decía que quería salir a buscar a Gabrielle. Cuando le preguntamos que quién era Gabrielle nos dimos cuenta de que se refería a una de las figuras del cuadro que ella misma nos regaló para poner en nuestro dormitorio, ya sabes, esa lámina que compró en Francia y que tiene un nombre francés que ahora no recuerdo. Lo había descolgado de la pared y quería marcharse con él de la casa. No sabíamos qué hacer y costó muchísimo convencerla de que volviera a la cama. Al final se acostó, pero no hubo manera de separarla del cuadro, que colocó junto a la cabecera. Esta mañana en el desayuno ella no habló del asunto y nosotros tampoco, yo no sé si es que no recuerda, pero tampoco sé cómo actuar. Ya hace una semana que mamá está aquí y no sé cuándo regresas. La verdad es que no me acuerdo si me dijiste que estarías fuera una semana, pero me extraña que sea tanto tiempo. Llama cuanto antes, si no lo intentaré otra vez mañana desde el trabajo,

Camilo

* * *

Arturo, te llamo desde el trabajo, ya empiezo a preocuparme. Llámame cuanto antes, no importa la hora que sea.

* * *

De: Camilo R.
Para: Arturo C.
Enviado: Lunes, 13 julio 2009 06:30 P.M.

Arturo, ya es lunes, te he estado llamando pero sigo sin poder localizarte. Estas cosas no son para contar de esta manera, pero no tengo más remedio que decirte que la situación es realmente mala para nosotros. Acabo de llegar a casa, como te dije ya se me acabaron las vacaciones, así que hoy he estado todo el día en el trabajo. Silvia me ha estado llamando sin parar porque no sabía qué hacer, y ahora que veo cómo está mamá te pido por favor que asumas la responsabilidad y al menos nos digas cómo nos las vamos a arreglar hasta el 19 de julio, cuando tiene el avión de vuelta. Por lo visto hoy ni siquiera ha reconocido a Silvia y a los niños. Se levantó aparentemente bien, pero a media mañana insistió en salir a buscar a la del cuadro, de nuevo. Silvia le dijo que no, quizá habría sido mejor salir, eso piensa ella ahora, pero en aquel momento estaba confusa, entonces mamá se puso a llorar, insistía en que tenía que salir a preguntar si alguien había visto a la Gabrielle de la pintura. Silvia cerró la puerta con llave y mamá se orinó del mismo disgusto, entonces Silvia tuvo que lavarla porque ella no salía de la única idea de buscar a Gabrielle. Arturo, yo no sé

92

si te acuerdas de este cuadro. En él aparecen en primer plano dos muchachas desnudas de torso para arriba, que miran al espectador mientras una le toca un pezón a la otra, y esa otra sostiene un anillo entre sus dedos. Bueno, pues ese cuadro es ahora la obsesión de mamá. Se ha empeñado en que tiene que encontrar a una de las dos muchachas, la que se llama Gabrielle, que dice que es la que sostiene el anillo, y por lo que hemos podido entender ella se ha puesto en la piel de la otra mujer del cuadro, es decir, la que sostiene entre los dedos índice y pulgar el pezón de la tal Gabrielle. Vemos a mamá muy mal. Le hemos dado la medicación que nos dijiste para estos casos, pero ni de lejos pensábamos que su estado fuera tan grave... ¿Por qué no nos lo advertiste? Llámame.

Camilo

* * *

Arturo, soy Silvia, por favor, llámanos, estoy desesperada. Tu hermano está en el trabajo y tu madre no mejora, yo no sé ya qué hacer, pero yo sola no puedo con ella y con los niños. Hoy he tenido que lavarla de pies a cabeza de nuevo, y ya no quiere ni comer, todo el día he estado intentando que se coma una fruta. Estamos hasta preocupados por ti, pero si hubiera pasado algo alguien nos habría llamado, supongo, así que no sé qué significa esta actitud tuya pero, por favor, al menos devuélvenos esta llamada... ¿Es que estás todavía de viaje?... No sé...

* * *

De: Camilo R.
Para: Arturo C.
Enviado: Martes, 14 julio 2009 07:30 P.M.

Silvia te ha estado llamando, y nada. Mamá sigue igual, o peor. Hoy se ha pasado dos horas peinándose, y cuando terminó nos dimos cuenta de que se había colocado el pelo exactamente igual que la compañera de esa maldita Gabrielle del cuadro, todo abultado hacia arriba, bonito en la pintura, pero en ella, a sus años... pero ojalá que todo fuera eso, y es que no consiente en vestirse de cintura para arriba, así que anda prácticamente desnuda por toda la casa. Por lo visto el sol que ha tomado aquí de verdad le ha fortalecido los huesos, porque tiene la fuerza de una fiera cuando se resiste a que le coloquemos cualquier tipo de prenda. Hemos tenido que llevar a los niños a casa de una vecina. Mamá dice que puesto que no la dejamos buscar a Gabrielle tendrá que ser la propia Gabrielle la que la encuentre a ella, y por eso se ha desnudado y preparado como en el cuadro, y cuando nos descuidamos sale a la ventana para que Gabrielle al pasar la reconozca. No he visto locura semejante. Ahí está ahora mismo, desnuda, y yo no sé qué decirle... le pregunto si no se da cuenta de que su cuerpo no tiene nada que ver con el cuerpo de la joven de la pintura, le digo que a su edad Gabrielle la reconocerá más difícilmente desnuda que vestida, que sus pechos no son los del cuadro, que aquéllos son perfectos y que los suyos están tan caídos que no se cree que alguna vez no lo estuvieron, que sus ojos también están caídos, y que su piel está avejentada y no tiene nada que ver con esa piel de porcelana de la muchacha que dice ser... pero ella me mira como miraría a un besugo y se ríe, y siento que soy yo quien dice disparates.

Camilo

* * *

94

De: Camilo R.
Para: Arturo C.
Enviado: Miércoles, 15 julio 2009 02:30 P.M.

Arturo, ya sabemos que siempre has ido a lo tuyo, pero esta vez de verdad que me cuesta creer que tu egoísmo llegue al extremo de que ni siquiera des señales de vida, así que voy a llamar a Gloria para que se pase por tu casa y nos diga al menos que no estás muerto. Ayer mamá tuvo algún momento de lucidez, pero hoy ni eso. La única manera de mantenerla tranquila es dejarla en el balcón medio desnuda, tal como la figura del cuadro, pero eso le bastaba ayer, no hoy, hoy insiste en que justo detrás de ella se coloque Silvia en una silla con unas agujas, haciendo como la que teje unas ropas. Como lo escuchas (esto es un decir, claro, no nos escuchas porque seguramente todo esto ya lo sabes o ni te importa y por eso no te molestas en responder), bueno, pues eso, como te digo, ha convertido a Silvia en el tercer personaje del cuadro, una señora del fondo que teje algo, vestida, gracias a Dios. Ésta es la única manera de mantenerla tranquila, de hecho más que tranquila inmóvil, ahí en el balcón, expuesta a todas las miradas, que es lo que ella quiere, por si pasa la tal Gabrielle. Como comprenderás todo esto es insoportable, los niños siguen en casa de la vecina, a quien hemos pedido también que informe al vecindario de la situación, porque no queremos que se presente aquí la policía. No aguanto un día más así. Silvia ni me habla, quiere que no vaya al trabajo hasta que montemos a mamá en el avión de vuelta, para que le ayude a manejarla. Tú verás, al menos llámanos, ¿entiendes? ¿Qué pretendes con esta actitud? De todos modos si mañana la situación continúa la llevaremos al hospital.

Camilo

* * *

De: Camilo R.
Para: Arturo C.
Enviado: Viernes, 17 julio 2009 06:10 P.M.

Gloria acaba de llamarnos. Ha estado en tu casa, llamó a la puerta y nadie contestó, aunque no había cartas en el buzón, así que está claro que sabes lo que estás haciendo, pero te agradeceríamos que lo compartieras con nosotros. Ayer eran las diez de la noche y mamá no quería moverse del balcón. Está completamente obsesionada con esa Gabrielle, dice cosas espantosas, que ha sido la mujer y el hombre de su vida, que papá jamás la tocó como ella, ni ella le tocó a él así, que ahora que está viuda quiere mojarse otra vez en su sudor en un verano de hace más de cuarenta años en el pueblo, y detalles muy desagradables que no quiero repetir. Si estuviéramos en otro siglo yo juraría que está endemoniada. Cuenta cosas obscenas, ¡mamá hablando de sexo lésbico! ¿Es que debo pensar que de ella sacaste tu carácter vicioso y degenerado? Quién sabe, igual esa Gabrielle existe de verdad, tendría gracia, pero quisiera Dios que apareciera y se la llevara bien lejos. Ahora es como si viera tu cara, desde niño te alegraba ver mis reacciones en momentos de furia, porque yo siempre era tranquilo y tú disfrutabas provocándome a decir maldades, eso, disfruta, pero volviendo al tema de mamá, hoy está en el hospital, pasó allí la noche y el día de hoy, así que en unas horas iremos a recogerla. Está sedada, espero que vuelva en sí pronto y pueda moverse para viajar sola antes del domingo, que la llevamos al aeropuerto. Estoy muy nervioso, te dejo.

Camilo

* * *

96

De: Camilo R.
Para: Arturo C.
Enviado: Sábado, 18 julio 2009 03:45 P.M.

Ayer fuimos a buscar a mamá al hospital a las nueve de la noche y no habíamos terminado de cerrar la puerta cuando ya se había desnudado el torso y se había colocado en el balcón. Es insoportable. No nos habla, ni una palabra. Sigue negándose a comer, por ahora estará más o menos hidratada porque ayer le pusieron suero en el hospital, pero esta noche tendrá que cenar. Nosotros no podemos más con esta situación. No puedo consentir que haya hecho de nuestro balcón un cuadro viviente. Silvia se ha pasado ya horas en esa postura ridícula, remendando prendas inútiles por no perder totalmente el tiempo, pero ésa es la única manera que hemos encontrado de calmarle los nervios, seguirle la corriente en esta historia del cuadro, que dicho sea de paso nunca me gustó y sólo lo colgamos los veranos que mamá viene. Mañana a las diez de la mañana sale su avión y tú sigues sin dar señales de vida. No podemos enviarla así, sin saber si irás a recogerla, y en las condiciones en que está se perdería sola de camino a tu casa, no llegaría ni a la vuelta de la esquina. Te llamamos y te llamamos pero es inútil, espero que por lo menos aparezcas hoy para asegurarnos que irás al aeropuerto.

Camilo

* * *

De: Camilo R.
Para: Arturo C.
Enviado: Domingo, 19 julio 2009 12:03 A.M.

Son las doce de la noche del sábado y en unas horas deberíamos llevar a mamá al aeropuerto. Por favor te pido que nos llames

CUANTO ANTES. El avión de mamá sale a las 10.15 de la mañana. Puedes llamarnos a casa, o a cualquiera de los móviles si llamas después de las siete de la mañana, pues saldremos a esa hora. Por favor, te lo pido por favor.

Camilo

* * *

De: Camilo R.
Para: Arturo C.
Enviado: Domingo, 19 julio 2009 12:30 P.M.

Como supondrás (y como querrás), mamá ha perdido el avión. La llevamos al aeropuerto esperando inútilmente que llamaras justo antes del embarque, pero como era de imaginar no lo hiciste. Nos la tuvimos que traer de vuelta porque como ya te hemos dicho está muy mal, y tú eres un desgraciado, como lo has sido siempre.

Camilo

* * *

De: Camilo R.
Para: Arturo C.
Enviado: Jueves, 23 julio 2009 08:30 P.M.

Nosotros no podemos contactar contigo, pero ya nos han dicho que estás bien, que vas al trabajo, que sales y entras, pero qué digo bien, mejor que antes, supongo, más libre, ¿no? Claro, te has quitado el muerto de encima, porque mamá estaba más muerta que viva, ¿verdad? Tú tenías que saber de su estado, tú sabías que lo de menos era su problema de huesos. Veremos cómo lo hacemos, pero nosotros desde luego no podemos hacer frente solos a los gastos de una residencia y mucho menos ocuparnos de ella en casa. Tenemos una familia, ¿entiendes? Eso que tú nunca pudiste crear porque siempre has sido un promiscuo. Hay que estar pendiente de ella las veinticuatro horas, hay que hacérselo absolutamente todo, sin contar con el asco que nos da esa obsesión que tiene por buscar a la tal Gabrielle...

Camilo

* * *

De: Camilo R.
Para: Arturo C.
Enviado: Domingo, 16 agosto 2009 10:30 P.M.

Hola Arturo. Ha pasado más o menos un mes desde que mamá debería estar contigo, desde el día en que tuvimos que volver con ella del aeropuerto porque tú habías decidido desaparecer para nosotros. Este mes ha sido insufrible en nuestra casa. La situación llegó a tal extremo que en estas pocas semanas mi relación con Silvia ha incluso peligrado. Yo llegaba de trabajar tarde, como siempre, y con una ansiedad tremenda porque nunca sabía lo que iba a encontrarme, y porque Silvia tenía los nervios desquiciados. Además de tener que hacerle todo a mamá, desde darle de comer hasta lavarla, acostarla, absolutamente todo... el hecho de tener que aguantar su fantasía ha sido una pesadilla. No ha cejado en su obsesión de encontrar a esa tal fulana, no se ha separado del cuadro ni un segundo, hasta al baño tiene que llevarlo. No ha tenido ni un momento en que se haya hecho cargo de la realidad, o del presente, y nos ha estado contando unas historias donde no reconocemos a nuestra madre. Evidentemente ha perdido la cabeza, tú tenías que saberlo de antes y ahora lo sabemos todos, pero no es solamente eso, es que o tiene una fantasía que desconocíamos o tanto detalle sólo puede responder a una relación pasada pero real, con una mujer que no será esa del cuadro, pero sin duda es igual de repugnante. Si ésta es mi madre yo la desconozco, y no estoy dispuesto a perder mi estabilidad por una desconocida. Ya no te escribiré ni te volveré a llamar, y ahora sólo quiero ponerte al tanto de la situación a día de hoy, pues ha habido un cambio importante. Aprovechando el domingo, esta mañana salimos todos en el coche para ir a esa playa lejana que nos gusta tanto. A mitad de camino paramos a echar gasolina. Los niños se quedaron en el coche y mamá, Silvia y yo salimos. Hacía un calor asfixiante. Silvia y mamá fueron al servicio y yo aproveché para comprar unos refrescos. Cuando Silvia y yo regresamos al coche nos dimos cuenta de que mamá no había salido todavía del baño. La primera reacción fue un impulso de ir a buscarla, pero entonces mi mujer y yo nos miramos. Advertimos en nuestra mirada la complicidad que hacía semanas habíamos perdido, y en ese momento, sin hablarnos, nos metimos en el coche y arrancamos como alma que se lleva el diablo. Si quieres buscar a mamá empieza por aquella gasolinera y pregunta por una anciana que, cargada con un cuadro, anda buscando a Gabrielle.

Camilo

Caza de muñecas

Hoy por hoy, tantos años después, todavía no se sabe con seguridad en qué casa comenzó el prodigio, pero lo cierto es que en poco menos de una semana una ciudad de ochocientos mil habitantes se puso patas arriba. Las calles parecían gallineros, se oían voces por todos los lados, de todas las intensidades, de oído a oído, de ventana a ventana. Todo el mundo trataba de hacer escuchar su opinión ante un fenómeno tan inverosímil. En las plazas el bullicio formó una algarabía imposible de describir, porque fue especialmente en esos espacios donde los vecinos se reunían llevando sus carros de la compra repletos de todas las muñecas que habían podido encontrar, para quemarlas en enormes hogueras que se habían levantado como escarnio de aquellos juguetes aberrantes.

Había muñecas de todas las nacionalidades, de todos los colores, pero coincidían en su esbeltez, y sólo algún caso raro de coleccionista presentaba obesidad. La mayoría tenía piernas largas, lo mismo las suecas que las japonesas, y todas tenían sus cuatro extremidades. No había muñecas mancas ni cojas. Los pelos eran de colores tan diversos como los que podemos ver en la calle, y podían adivinarse las teñidas, pero ninguna usaba peluca, e igualmente los ojos eran de muy diferentes tonos, pero parecían ver perfectamente, escaseaban las gafas y casi no existían las ciegas.

La perfección estética no evitó que a su contacto con el fuego la ciudad despidiera un olor insoportable a plástico chamuscado, y eran dignas de ver las filas en las que se amontonaban cientos de personas aguardando su turno para la cremación de las pervertidoras de sus hijas. Desde las azoteas se podía advertir cómo miles de cabecitas diminutas ardían, deshaciéndose en manchas de alquitrán. «Ahí tenéis la respuesta a vuestro atrevimiento», gritaban los vecinos. «Ahí tenéis lo que queda de vuestra carne sintética, una mancha negra y maloliente»; y algunos, cuando se les quedaba pegado el zapato al pisar los restos de alguna muñeca derretida, exclamaban con saña orgullosa de su humanidad: «Esto no pasará con mi cuerpo, que se hará polvo».

Escenas como éstas se vinieron sucediendo como resultado de una situación insostenible que había surgido quién sabe cuánto tiempo antes. Fue difícil precisar el comienzo, porque al principio los cambios podrían haber pasado desapercibidos, como suele ocurrir cuando ciertos detalles anómalos se cuelan en una labor tan cotidiana que consideremos inalterable. Que los burros volaran era algo impensable que se mencionaba sólo con motivo de broma, e igual de impensable, aunque sin ningún rasgo de comicidad, habría sido hasta entonces imaginarse lo que sucedía. Pero cuando la realidad ganó la partida el misterio principal se desveló, haciendo transparentes algunos de los detalles que habían llegado a perturbar toda casa en la que hubiera estos dos ingredientes fundamentales: niñas y muñecas.

Los padres empezaron a sospechar que algo estaba pasando debido al tráfico de juguetes. Un día desaparecía una muñeca de la casa, y al día siguiente aparecía esa misma muñeca pero acompañada del muñeco de la casa vecina, sin que las niñas de ambas familias hubieran tenido ningún contacto ni salido de sus habitaciones. Las niñas no decían nada, pero las madres, al recoger los trastos, se fueron dando cuenta de que en el cuarto de sus hijas, día sí y día no, había algún muñeco que nadie había visto nunca antes, mientras que, día sí y día no, desaparecía una muñeca que sí era de su hija, que volvía a aparecer al día siguiente acompañada de otro muñeco desconocido, y así sucesivamente, y en todas las casas.

La circulación insólita de juguetes fue el primer factor que desató la alarma. Ningún domicilio se mantuvo al margen del fenómeno. Es cierto que algunas familias tardaron más tiempo que otras en reparar en esta situación; alguna madre multiempleada que pasaba poco tiempo en casa, o alguna niñera distraída, hicieron que al principio se pensara que ciertos hogares seguían intactos pero, después de la creación de un comité de investigadores diseñado ex profeso para el escrutinio de cada vivienda, se pudo constatar que el fenómeno se estaba dando en toda la población.

Al inicio, más allá de los límites de la urbe, la vida no se salía de la normalidad, y la ciudad se convirtió en protagonista de los noticiarios y fue producto de discusión mundial. A sus vecinos les resultaba rarísimo reconocerse en la pequeña pantalla y, cuando se vieron grabados en aquellos aspavientos, en aquellas muecas que deformaban sus rostros, empezaron a evitar las cámaras, por lo que los corresponsales trabajaron allí como lo hacían en las trincheras, a la caza furtiva de imágenes que esperaba el resto del país y todos los países.

Pero el tráfico de juguetes no fue el único factor insólito, y por sí solo no bastaría para explicar la ira con que los padres los arrojaban al fuego. La circunstancia determinante, que reveló definitivamente la crudeza del asunto, fue que los padres empezaron a observar en sus hijas hábitos de juego absolutamente anómalos hasta entonces. Las niñas, casi siempre menores de diez años, habían dado un giro radical a sus conductas, de manera gradual pero veloz. En poco tiempo se olvidaron de los bebés de plástico y de cuánto les divertía antes jugar a dar el biberón, o planchar baberos, o preparar las papillas, o mirar cómo sus niños hacían pis por sus conductos de fábrica. Ahora, cuando jugaban a dar de comer, apartaban los biberones fingidos y escurrían en los pechos de sus Barbies o en los suyos propios leche que sacaban del frigorífico, para que un amiguito chupara sus pezones inmaduros. Actitudes como éstas, extrañas y aberrantes para los padres, se hicieron habituales, y se intentaron justificar pensando que quizá se tratara de una nueva forma en que las hijas se empleaban para una emulación más real de los adultos. Pero la alerta cayó sobre la ciudad como una bomba cuando se vio que las crías jugaban con sus muñecas a imitar situaciones que nunca habían presenciado, situaciones eróticas, y el problema se volvió irresoluble cuando las niñas superaron el concepto de imitación para convertirse en unas verdaderas creadoras en el arte sexual.

En pocas semanas los padres llegaron a tener la sensación de estar aprendiendo de los nuevos juegos de sus hijas, que flexionaban sus cuerpos en posiciones fabulosas... «¿Podrá mi pie caber con tanta facilidad en el hueco que deja su nariz con mi tobillo?», se decía alguno para sus adentros, evocando las formas de su esposa o de alguna amiga; «¿Será posible que mi lengua soporte ese peso con tanta soltura?», pensaba otro. Las impresiones eran terriblemente desagradables porque, aunque trataban de impedirlo, la imaginación les volaba pensando en la puesta en práctica de todo aquello y, cuanto más útil les parecía, más les atormentaba pensar que sus hijas eran poco menos que unas maestras en el conocimiento de las posibilidades eróticas del cuerpo humano. A muchos aquella idea les quemó por dentro y les hirió como les habría herido una violación.

No sólo las posturas eran de una originalidad insólita, sino que parecían tan naturales que resultaba difícil pensar que nadie antes las hubiera practicado. Al igual que un esmerado titiritero suda moviendo los hilos de su personaje, desplazándose de un lado a otro con nervio, empleando a veces incluso la boca, haciendo que diez dedos se muevan como veinte, y todo esto para que su marioneta haga apenas una leve inflexión de tobillos y una cabriola pausada en el aire antes de caer de rodillas como una pluma, así se veían los padres hasta entonces, pobres titiriteros que sin embargo vaciaban sus energías en esfuerzos que no lograban traducir en el placer exquisito de lo más simple. Por el contrario, hilos transparentes parecían mover a niñas y muñecas, que se guiaban según las reglas de una naturaleza matemáticamente perfecta.

Los nuevos juegos empezaron a advertirse también en las escuelas, y se dilataron tanto que las horas de clase se perdieron entre recreos. Al principio los gestos sexuales no se salían de los límites de la ilusión, los juguetes eran los únicos protagonistas, pero después las niñas acudieron a sus compañeros de clase para poner en funcionamiento lo que, jugando, ya habían ensayado. En sus relaciones no hubo ya manco ni ciego ni gordo que se abstuviera del juego, o del sexo, y a todos por igual les llegaba la oportunidad de unirse a otro cuerpo. Así en silla de ruedas como sobre patines, todos los niños se veían acoplados como en un puzle impecable.

Muchos profesores cayeron en un estado depresivo grave, aterrados ante la situación y desbordados por la incapacidad de controlar la intimidad de tanta criatura. La mayoría de ellos dejó de ir al trabajo. Se cerraron las escuelas y se anunció en todos los medios de comunicación la necesidad de una vigilancia permanente de los pequeños en sus casas. Fue entonces cuando los padres, abuelos, tíos, empezaron a prender hogueras por toda la ciudad para aniquilar hasta la última muñeca, pues fueron ellas, sin duda, las que habían pervertido a sus niñas. En las iglesias se sustituyeron los cirios por los cuerpos de las muñecas más blancas, que ardían día y noche, ante abuelas que arrodilladas rezaban sus plegarias con una única voluntad, que sus nietas recuperaran la inocencia.

Ni oraciones, ni hogueras, ni extrema vigilancia hicieron posible la recuperación del estado anterior de las familias. Cuando esto estuvo claro se intentaron tomar medidas para aislar a la ciudad y que el fenómeno no sobrepasara sus límites. Se cortaron todo tipo de comunicaciones y se establecieron vallas de alta seguridad en todo su perímetro. Pero cualquier esfuerzo fue en vano, porque el prodigio acabó extendiéndose, y la caza de muñecas se generalizó en todo el país. La gente, en masa, las ajusticiaba. Algunos las clavaban en el suelo, para que la muchedumbre las lapidara; hubo quienes, desde sus ventanas, anunciaban a todo el mundo que se retirara, para abatirlas a balazos. Se sacaron de los museos antigüedades oportunas para la ocasión, y en muchas esquinas, mercados y plazoletas pasaron a exhibirse las guillotinas del museo municipal, las horcas y otras artes que fueron restituidas en sus funciones, y que ejecutaban ya tanto a muñecas como a muñecos.

Mientras aquello sucedía, se organizaron severas aduanas para requisar la entrada de cualquier muñeco en el país y, cuando la extinción era ya inminente, los padres apretaron un poco más la tuerca y se esforzaron en prevenir cualquier brote muñequil que pudiera florecer de la imaginación. Si sus hijos los fabricaban con palitos, si levantaban formas corporales en la arena de los parques o en el puré de patatas, o si unían en perfiles humanos las piezas de plástico de sus juegos de construcción, los padres se apresuraban impetuosamente a desbaratarlos y les decían: «Caca, caca».

Erradicado el último muñeco, se decidió, por temor a una vuelta a la desviación de las conductas, que los hijos no sólo fueran vigilados, sino también aislados. Durante un año los niños no vieron a otros niños, los hermanos no vieron a los hermanos, ni su reflejo en imágenes de juguete. Pero cuando parecía que la exclusión de la fantasía había devuelto la paz a los hogares, sucedió un nuevo fenómeno, no menos inverosímil que la vivificación de las muñecas. Los niños, de un día para otro, y a la vez, dejaron de moverse. Se quedaron quietos como piedras, sentados pero inertes. Se recurrió a todos los medios para reanimarlos; se les echó agua fría y agua hirviendo, pero ni siquiera pestañeaban, y las retinas se les secaron. Cuando alguien les movía la cabeza, o alguna extremidad, se les quedaba congelada en ese último movimiento. Si se les ponía un brazo en alto, así permanecía durante horas, hasta que alguien, de nuevo, se lo bajaba. El único signo de vida no era siquiera el pulso, que no tenían, sino un ligero hilito de aire, casi imperceptible, que les salía de la nariz; la única brisa infantil que desde aquellos años ha soplado por estas tierras.

Desraíceme, por favor

Tristemente, papá, hay casos irremediables, y aunque fuiste tú quien sin saberlo me inspiró la idea de abrir esta clínica, yo no quise inaugurarla contigo, no quise pasarte por el bisturí porque de algún modo esperaba encontrar una alternativa menos dolorosa, a pesar de que el daño ha sido lo único que tú has sabido repartir a diestro y siniestro. Yo no es que te tenga amor (¿cómo podría, siendo persona?) y, sin embargo, la decisión de operarte se me ha demorado durante tres años en que he esperado otra solución, sin encontrarla, porque tu caso es, como te digo, irremediable.

Esta historia se remonta al primer día en que me vi fea. Fue el mismo día en que comencé a advertir que mi cara se parecía cada vez más a la tuya. Mientras subía en el ascensor, sola, me miraba en el espejo y me asombraba de no gustarme por primera vez en mis veinticinco años. «Hay algo de feo en mí», pensaba mientras me concentraba en la visión de mi rostro, «pero... un momento, esa fealdad yo la conozco, ¿de qué puedo conocerla?», y cuando salí del ascensor me vino la respuesta, gélida: «Mi padre, es la misma fealdad de mi padre».

Cuando entré en la casa me fui directa al espejo de mi habitación. En efecto, ahí estaban aquellos rasgos, ahora los veía tan claros que me parecía mentira no haberlos descubierto antes. La comisura de los labios era la misma, hacia abajo, como la máscara de la tragedia, y las ojeras violáceas, que encajonaban unos ojos demasiado próximos, también venían de ti. Pero la marca más explícita estaba en mi frente, y era una arruga del grosor de un dedo que me atravesaba de sien a sien, más tenue que en tu caso, pero la misma. «No hay duda», consideré, «al final he salido a él, no puedo ocultarlo.»

Pero yo quería ocultarlo, necesitaba camuflar aquellos genes, lo único en tu vida que no me vendiste, seguramente porque nadie mejor que tú sabe que no valen nada, porque ¿qué puede valer un ADN degenerativo, que es veneno para sí mismo?... Y sin embargo, paradojas de la creación, yo nací, pero gracias a mi madre, pensaba yo... Maldito... ¿Pues no decía todo el mundo que era idéntica a ella? ¿A qué viene manifestarte ahora en mi cara, después de tantos años? Yo no te llamé, así que sabrás comprender que sólo tú eres el responsable de cómo te ves ahora.

Pero antes de ti ya han pasado por nuestros quirófanos cientos de padres, cuyos hijos llegan al portal en secreto, desesperados, y suben las escaleras de dos en dos y entran en las consultas casi sin saludar para lanzar la fiera petición: «Vengo a que me desraíce». Yo los escucho y los entiendo, y lo mismo mis colegas, porque ellos también han tenido padres como tú, que ahora lucen rostros diferentes gracias a esta clínica de cirugía estética desgeneracional, que sigue siendo clandestina a pesar de ser un éxito, como demuestra la lista de espera, más larga cada día.

No obstante, he de decirte que al principio no era mi intención recluirte aquí. Cuando te llamé por teléfono fue con la esperanza de que al verte, tu cara se me presentara distinta a como la recordaba, no sé, quizá la ilusión de pensar que tus facciones habrían evolucionado y al menos me llevarían la delantera. Fue entonces cuando nos vimos... ¿Recuerdas? El reconocimiento fue inmediato. No habías cambiado nada. ¿Por qué no? ¿Por qué no se te siguió cayendo la sonrisa con la edad? ¿Por qué se te tuvo que detener justo a esa altura, a la misma altura a la que la tengo yo ahora? Ya te he dicho, tenía la esperanza de que todo lo que ha venido después fuera remediable.

Te llamé una segunda vez y cuando nos vimos te hice una foto con alguna excusa sentimental que sonó tan fingida como era... ¿No es así? Después la imprimí y la tuve durante semanas enganchada al marco de mi espejo, intentando una solución para desdibujarme tu rostro. Hice del tocador mi mesa de trabajo, y coloqué sobre él fotos mías de todas las épocas, hasta la fecha. Allí estaba yo con dos meses, sin parecerme a nadie; allí había otro retrato mío a los cuatro años, clavada a mi abuela materna, y a partir de los diez ya era la viva imagen de mi madre. Evidentemente nunca me había parecido a ti antes, hasta el día del ascensor.

Cada día, al llegar de trabajar, corría al cuarto de baño, me quitaba el maquillaje y me iba derecha a mi habitación, donde las horas se me pasaban sin hambre junto al espejo. A veces me desnudaba en actos compulsivos, para comprobar con urgencia que el parecido a ti sólo me había alcanzado a la cabeza, y cuando lo verificaba volvía a vestirme y me quedaba más tranquila; pero había ocasiones en que a los pocos minutos sentía la urgencia de volver a comprobarlo, y volvía a desnudarme, así dos, y hasta tres veces seguidas, tal era el miedo de que te presentaras también de repente en el resto de mi físico.

Más tarde supe que mi preocupación por desparecerme a ti no era tan rara como pensaba, y al conocer a otros en mi situación se me ocurrió la idea de la clínica, aunque al principio esta idea no contemplaba la cirugía de vosotros los padres, sino de nosotros, los hijos y los médicos. En cualquier caso, el proyecto llevaría tiempo, y mientras tanto debía solucionar mi problema con los recursos que tuviera, con otras creatividades. Puesto que el cuerpo estaba todavía ileso, me centré en mi rostro. Compré revistas de moda, leí y escuché cientos de trucos de belleza. Gracias a técnicas de maquillaje, peluquería y masajes faciales conseguí cierto cambio, pero cualquiera que nos hubiera encontrado juntos no habría dudado la terrible evidencia: que yo soy tu hija. Ya nada teníamos que ver el uno con el otro, pero para evaluar mi proceso de transformación estética siempre me ponía en esa situación tan improbable de que alguien me viera junto a ti, y cuando sospechaba que se pudiera adivinar nuestro parentesco tan sólo mirándonos, me metía de lleno en otra semana de transformación intensiva, al cabo de la cual me daba un margen de tres días que yo llamaba «días de reposo», en los que evitaba mirarme al espejo, para que al cuarto día la apreciación pudiera ser más objetiva. Me esforcé durante mucho tiempo, con una rutina y una responsabilidad absoluta, y alguna reforma conseguí, pero todavía estaba lejos de quedar satisfecha con los resultados.

Un día se me ocurrió una nueva idea. Varias veces había

yo oído a la gente decir que los niños adoptados se acaban pareciendo a sus adoptantes, y supuse que esos parecidos se debían a la semejanza de gestos, de movimientos. Pensé que distinguirme de ti también por ese lado sería un buen complemento para mi propósito. Intenté recrear tus muecas desde el recuerdo que guardaba de cuando era niña, pero no me acordaba de gran cosa, y ahí decidí llamarte otra vez. Supongo que te extrañaría tanto acercamiento, pero aceptaste verme. Cuando me hablabas yo intentaba memorizar tu forma de sentarte, tu manera de beber, de mirar la hora, tus ademanes voluntarios e involuntarios, y de vez en cuando me observaba a mí misma para compararme contigo. No hay nada de bonito en ti, papá, es lo que pensé.

De nuevo regresé a mi casa llena de otros proyectos de remodelación, yo diría que incluso animada, y ensayé durante días los ritmos más contrarios a ti. Tus silencios eran largos, los míos se hicieron cortos. Golpeabas sobre la mesa para reforzar tu opinión, yo me alejé de toda opinión. Saludabas a los perritos como si fueran niños, yo he aprendido a saltar cada vez que veo cuatro patas. Con todo esto logré parecer lo más diferente a tu persona como me fue posible, y me olvidé del asunto por algún tiempo, conforme por saber que había utilizado todos los medios a mi alcance, al menos hasta que la clínica empezara a funcionar.

Pero mi plan todavía tenía que evolucionar, y las modificaciones faciales que en los inicios había pensado practicar en los hijos pasaron a tener sentido sólo en los rostros de los padres. Ese cambio de dirección en el proyecto se había materializado un día en que, mientras esperaba en la cola del banco, vi a mi vecina con su nieta pequeña en un carrito.

«Se parecen como mis hijos se parecerán a sus abuelos», dije entre dientes, lo suficientemente alto como para que la señora me mirara, confusa. La única decisión posible estaba patente, me había equivocado desde el principio. ¿Cómo no me había dado cuenta antes de que la solución no estaba en modificar mi cara, sino la tuya? A ese momento debes tu situación actual, papá, pues estarás de acuerdo en que de nada me habría servido cambiarme a mí con tanto ahínco para tener que verte después en mis niños y hasta en mis nietos. No, eso nunca. Por eso te metí en este escondrijo, y el resto ya lo sabes, todo, o casi todo, sólo durante las anestesias han pasado cosas que no percibiste en el momento, pero puedes ver los resultados. Medio año de operaciones practicadas en este mismo sótano te han dado un nuevo rostro; ni tu madre te reconocería, ni yo misma, pero de eso se trata, porque nuestro equipo médico es el primer equipo quebranta-generaciones, el único capaz de realizar un trabajo así gracias a esas gotas de sangre atroz que otros como tú nos habéis transmitido.

¿Cómo? ¿Qué estás diciendo?... ¡Papá! Ya te he dicho que si me hablas con tu voz de siempre tendré que intervenirte de nuevo, porque lo único que resta por hacer en esta faena es precisamente trabajar en tu dicción. Después de eso ya estarás listo para salir al mundo, y esta vez puedes creerme, te lo prometo. ¿Cómo dices? ¿Que ya te lo he prometido muchas veces? Es verdad... Pues te lo prometo otra vez. Recuerda, la voz no ha de delatar el gran trabajo que llevamos hecho hasta ahora, digno de un museo, diría yo. A ver, un intento más, escucha bien cómo sueno e intenta alejar de ti cualquier tono similar. Muy bien, lo estás haciendo muy bien. Ahora las notas de la escala cromática con sus semitonos. Y ahora «Al corro de la patata». Canta conmigo... «Al corro de la patata, comeremos ensalada, lo que comen los señores, naranjitas y limones... ¡Achupé! ¡Achupé! Sentadito me quedé...» Yo creo que con una semana más de práctica bastará. Pero un momento, calla ahora, deja que me concentre. Me acaba de venir otro pensamiento... ¿No serás capaz de tener una segunda hija para seguir desperdigando por ahí mi parecido...? En cualquier caso, sigamos trabajando la voz y después nos ocuparemos de tu sistema reproductivo. La generación que nos une ha de quebrarse aquí y para siempre, papá.

La Impenetrable

Violeta tenía diecisiete años cuando llamó a la puerta de
don Baltasar, que vivía en la caravana más grande, de la cual
pendía un cartón que decía: «Jefe y dueño circense». No fue
él quien le abrió, sino un niño mugriento, fruto de alguna
relación endogámica del circo, donde ya casi todos eran parientes. Para poder avisar a su padre de la visita de la recién
llegada, el niño enganchó al pomo de la puerta la correa con
la que sujetaba a un chimpancé desdentado con aire de oc-
togenario. Mientras Violeta escuchaba los pasos de don Baltasar acercándose, observó que el primate tenía los ojos de
un azul índigo, a pesar de las cataratas que los velaban.

La carpa del circo no era muy grande pero, como conservaba el mismo color rojo vivo que cuando sus lonas salie-
ron de fábrica, podía verse de lejos, acompañada de todo un
séquito de carpitas más pequeñas y de camiones, e incluso
carros tirados por los burros que ya se habían hecho viejos
para participar en los espectáculos. Los niños escuchaban
desde sus camas la relación de los principales números que
aquel circo ambulante anunciaba por medio de un megáfo-

no, cuya voz recorría las calles de los pueblos en una camioneta empapelada de carteles coloridos, a partir de una semana antes de la inauguración del evento. Entonces se apresuraban a las ventanas, todavía adormilados, y veían en la distancia los toldos del circo, mientras se frotaban los ojos, recreando en su cabeza la ilusión que les transmitía aquella voz amplificada que enumeraba cada una de las actuaciones, y que les había sacado de unos sueños para meterlos en otros.

Sin embargo, la atracción fundamental, aquella por la que el pequeño circo empezó a ganar popularidad, era un número vedado a menores de dieciocho años, que se anunciaba por los altavoces como «El prodigioso espectáculo de La Impenetrable». Ésta era la única parte de la publicidad que los niños no alcanzaban a entender, pues sólo los adultos conocían de oídas aquella función, que fue la que hizo que muchos de ellos asistieran al circo por primera vez en sus vidas. Debido a la naturaleza del famoso show, se vendían dos tipos de entradas, aquellas que lo incluían, más caras, y las que ofrecían todos los espectáculos menos aquél. Para quienes quisieran asistir con sus hijos pequeños o menores y quedarse sin embargo hasta el final, se había preparado una carpa suplementaria en la que los niños permanecerían jugando a la espera de sus padres.

Las ganancias del circo apenas si les daba a sus trabajadores para mantenerse en la idea de vivir de su arte, idea encantadora pero a menudo quimérica para este grupo de quince artistas que empeñaban todo su trabajo al sostenimiento de la empresa, un circo que era una cofradía, una hermandad de románticos nómadas antaño, ahora desengañados que se veían con muchos años a cuestas como para cambiar de oficio. Por eso la llegada de Violeta abrió una fuente de ilusiones, y los artistas volvieron a soñar con los aplausos mientras poco a poco se iba dejando notar la entrada de capital, un capital que ahora revertía en el vestuario, en los maquillajes, en el atrezo para las funciones, en las comidas, en las dietas de los artistas y hasta de los animales.

Cuando el director del circo la vio por primera vez, allí de pie en los escalones de su caravana, pensó que aquella muchacha se habría perdido y había llamado a su puerta en busca de ayuda, como una princesa de algún cuento popular que al desorientarse en el bosque se cree salvada al encontrar una casita, y no se da cuenta de que en esa casa, y no en el bosque, está el verdadero peligro, o se da cuenta demasiado tarde. Pero Violeta no se había perdido, sino que había llegado a aquella roulotte destartalada después de preguntar en otras muchas, y expresamente, por la vivienda del director del circo. Era de noche y para llegar allí había sorteado todo tipo de trastos de la compañía ambulante. Contornos de personas y de animales se aparecían en las paredes de tela de algunas tiendas, como sombras chinescas proyectadas por las fogatas que los artistas y trabajadores prendían para calentarse en aquella noche de invierno incipiente. Cuando llegó a la morada de don Baltasar, se tomó un minuto antes de golpear con una aldaba de bronce verdusco, ensayando una entonación de voz madura y decidida para decirle: «Vengo a trabajar». Mientras el niño avisaba a don Baltasar, Violeta ensayó un par de veces más su petición:

—Vengo a trabajar.

Cuando el hombre la escuchó, miró la silueta de aquel cuerpo menudo en la oscuridad y le dijo que su circo no ofrecía espectáculos de bailarinas. Violeta no entendió lo que quería decir, pero continuó hablando tal como lo había preparado en su cabeza, y respondió la pregunta que ella pensaba que el director le haría, la pregunta clave sobre sus aptitudes para el circo, una cuestión imaginaria que aquél no hizo, pero que ella contestó:

—Señor, creo que soy impenetrable.

Don Baltasar pensó entonces que la chica estaba perturbada. Desabrido, le pidió que se fuera, pero ella se mantuvo en la puerta y repitió:

—Creo que soy impenetrable, señor.

Los cuarenta años durante los cuales don Baltasar había dirigido el circo le habían dotado de una capacidad para olfatear la voluntad de cada persona, destreza para prever sus futuros movimientos, que complacía en un principio para resolverse a su favor en la última pero definitiva jugada. Puesto que vio que Violeta no tenía la más mínima intención de marcharse, ensayó entonces un tono más considerado:

—No te preocupes, muchacha, todos somos un poco enigmáticos, yo también soy un poco impenetrable, como tú lo llamas, y seguro que hasta este mono chocho que ves ahí guarda sus secretos, lo que pasa es que no puede hablar y por eso nos parece que no esconde ningún misterio, pero lo mejor es que...

—Pero señor —le interrumpió Violeta—, yo sí que puedo hablar, y digo lo que hay en mi cabeza cuando me preguntan; sin embargo creo que soy impenetrable, físicamente, quiero decir, y por eso creo que podría trabajar en su circo.

Don Baltasar empezaba a despejar toda duda sobre el juicio de la chiquilla, pero la dejó entrar cuando ella le pidió cinco minutos para explicarse mejor. Le dijo que se sentara y Violeta lo hizo en la esquina de un sofá grande y blandengue que sepultó la mitad de su cuerpo. Miró a su alrededor y se asombró de la mugre del lugar, un habitáculo con un hornillo y una cafetera encima, que eran los únicos útiles a los que Violeta podía asignar un propósito, porque el resto del espacio estaba dominado por un *horror vacui* de cientos de cachivaches extraños.

—Ésta es mi cámara de las maravillas —dijo don Baltasar, y pronunció una palabra en alemán, que era *Wunderkammer*, y le explicó que aquello quería ser un gabinete de curiosidades como los que tenían algunos privilegiados renacentistas, una acumulación de objetos insólitos, especímenes de animales extraños, vivos o muertos, pero también de objetos humanos indescifrables a primera vista.

Violeta estaba callada, abrumada por tanto cacharro. En una de las paredes de la caravana vio un colmillo de narval, varios metros de marfil trenzado, que se exponía horizontalmente como una catana. Don Baltasar, que seguía su mirada, le aclaró que aquellos colmillos de cetáceos fueron confundidos siglos atrás con cuernos de unicornio, pero esto Violeta ya lo sabía. Siguió otro silencio, y Violeta, sin saber cómo explicar por qué pensaba que podía trabajar en el circo, y temerosa de que el director diera por concluida la entrevista y le volviera a pedir que se marchara por última vez, se levantó del sofá de repente, agarró el primer objeto cercano que vio con forma alargada y no muy grueso, se recogió la falda hasta la cintura y le dijo a don Baltasar con voz trémula:

—Intente introducírmelo en... ya sabe, ahí por donde nacen los niños.

Aunque al principio se mostró reacio, a Violeta no le costó demasiado convencerle para que hiciera lo que le pedía. Don Baltasar intentó introducirle aquel objeto, primero de manera delicada, pero no consiguió avanzar ni un centímetro, por lo que empezó a aplicar más fuerza, apoyándose en la pelvis con una mano y presionando con la otra, pero también sin resultado. Aquel objeto no quería introducirse en Violeta. Entonces, azuzado por la idea de la penetración, por el cuerpo de la muchacha, por meses de abstinencia involuntaria, dejó aquel primer objeto sobre la mesa y lo intentó con un segundo. La chica callaba y le dejaba hacer. Él la cambiaba de posición, la ponía sentada, acostada, reclinada sobre un lado... pero nada, parecía imposible, aquel segundo objeto topaba también, nada más rozar el sexo de Violeta, con una especie de pared de hierro, no de hierro, de algo más duro, de diamante, que bloqueaba cualquier propósito de introducción. Pensó, o deseó, que quizá penetrándola él mismo aquel obstáculo cedería, y le preguntó a Violeta si podía intentarlo.

—Si le dejo que lo intente y ocurre igual que ha ocurrido con los objetos que ya ha utilizado, ¿me dará usted un trabajo?

Don Baltasar, sin pensar en la respuesta, se desabrochó el cinturón. Tenía una barriga prominente y lechosa, salpicada de venillas rosadas, como un reflejo de su cara. No fue una escena agradable para Violeta, pero quería el trabajo, que consiguió porque don Baltasar fue incapaz de introducir nada, orgánico o inorgánico, por aquel hueco que sólo lo parecía, por ese vacío que a la vista se diría profundo y al tacto se volvía plano como una mesa.

Violeta debutó con el nombre artístico de «La Impenetrable», y su número consistía precisamente en demostrar al público esa cualidad. Su actuación era precedida por el show de los tres payasos. Eran ellos quienes, todavía en tono desenfadado y alegre, anunciaban a los niños que tenían que abandonar la carpa, y sus padres les cogían de la mano e iban saliendo en forma de trenecito al son de una canción infantil inventada expresamente para la ocasión. Entonces, tras una pausa, eran también los payasos quienes anunciaban a Violeta en su papel de La Impenetrable, y la introducían en escena con un semblante que ya había cambiado, que ya no pretendía mover a carcajadas, y que lo único de cómico que conservaba era la pintura de una sonrisa.

En el momento del ajetreo, cuando el público empezaba a colocarse de nuevo en sus sitios tras el descanso, comenzaba la demostración. Los payasos dejaban sola a Violeta, las luces se apagaban y un único círculo de luz se centraba en ella. Se veía muy pequeña y delgada, y durante los primeros minutos Violeta no hacía nada, simplemente estaba allí, muy erguida en el centro del escenario, seria. Entonces entraba un joven debilucho, que llegaba por detrás, que le tocaba la espalda como quien llama a una puerta, que se ponía junto a ella y se despojaba de la única prenda que le cubría. Estaba mal dotado, y ahí el público empezaba a abuchear, como diciendo que aquel órgano débil no podría traspasar ni una tela de araña. En efecto, no pudo. Violeta seguía inmóvil en el centro, a veces sentada, a veces tumbada, pero siempre se levantaba cuando entraba un nuevo personaje, al que esperaba estática, mirando al público como una efigie de piedra. Estaba desnuda, sólo sostenía una toallita en la mano derecha, que usaba de vez en cuando para quitarse el sudor del cuerpo, que la volvía resbaladiza, algo que no convenía para aquel número. Entonces entraba un señor de edad indeterminada, pero de apariencia aún más enclenque que el anterior y con formas femeniles, y el auditorio se unía en silbidos y protestas, que aumentaban tras el fracaso de aquel ser diminuto en su tarea de quebrantar cualquiera que fuese aquella tapia de Violeta. Con los ánimos del público así de encendidos y por si fuera poco, aparecía entonces en el escenario un enano, y ahí, en ese momento clave, cuando el auditorio hervía en el descontento colectivo, se presentaba en escena un titán de dos metros de alto, de pelo casi blanco de puro rubio y mandíbula cuadrada, con un miembro en proporción a aquel cuerpo gigante. El público se aplacaba, expectante, y empezaba a creer que aquella muchacha era una equivocación de la naturaleza a medida que el coloso arremetía sin éxito contra Violeta. «¿Por dónde orinará?», pensaban, y cada uno dejaba volar su imaginación, siempre inferior a la realidad del espectáculo, que acto seguido ponía en escena a un burro. Por supuesto el resultado era siempre el mismo, Violeta era impenetrable, y aunque después del burro la gente se quedaba satisfecha, alguno no pudo evitar seguir fantaseando, y sumar de manera natural más animales a aquella cadena, porque ¿qué habría pasado con un elefante, por ejemplo? A muchos todavía les picaba la curiosidad cuando abandonaban el circo.

Tal fue el éxito del show de Violeta que tres meses después de que empezara a trabajar, las ganancias habían aumentado lo suficiente como para liquidar las deudas de la compañía. Fueron tres meses de entusiasmo general para todos. Este estado de alegría continuó seis meses más para el resto de los artistas, pero para ella terminó el día en que descubrió alarmada que su vientre crecía con todas las señales de un embarazo.

Los meses siguientes fueron una época de infierno para Violeta. Sin duda alguna, aquella forma cada vez más abultada la pondría en la calle en cuanto la descubrieran, y al trabajo diario ya de por sí agotador de su espectáculo, se unía el espanto de ser pillada en su desgracia. Pasaba el día en continua tensión, angustiada en la custodia de su secreto. A nadie tenía para confiarse y relajar sus temores en un alma amiga, y sólo de vez en cuando le venían intervalos muy breves, brevísimos, en los que aquel vientre hinchado la miraba a los ojos y ella sentía como una mano en el hombro.

Siempre había sido solitaria, pero en aquel estado lo fue mucho más, y quizá en este cambio de actitud se fundaron las primeras sospechas, que si bien estaban lejos de imaginar el motivo real de su aislamiento, provocaron el temor de Violeta, al suponerlas el primer paso hacia la revelación de su estado. Durante meses empleó todo tipo de argucias para disimular aquel trance. A medida que intentaba achicarse el vientre se encargó de difundir la idea entre todos los artistas de que su delgadez suponía un gran motivo de complejo para ella, y había decidido engordar todo lo que pudiera.

Decía: «Por eso como tanto», al tiempo que se llenaba el plato dos y hasta tres veces y, cuidándose de que nadie la viera, tiraba la comida casi en su totalidad. Cuando su cuerpo ya delataba un notable aumento de peso ella se llenaba aún más los platos, y entonces decía: «Unos cuantos kilos más, quiero verme menos flaca», y seguía tirando la comida, con la idea de que los kilos que pusiera naturalmente con su embarazo se atribuyeran a su nueva dieta de engorde.

En poco tiempo el perfil de Violeta dejó de ser delgado, a pesar de que apenas se alimentaba y de que no se quitaba las vendas que apretaban su estómago ni siquiera para ducharse. «Pobrecita yo», se decía muchas veces al día, y se imaginaba que su embrión era una niña como ella, y le daban ganas de amarla para amarse a sí misma, y se asombraba de la fortaleza de aquella hija nonata, que seguía creciendo a pesar de los estorbos que su madre le ponía. Pensaba que si sobrevivía dentro de ella también lo haría fuera, a pesar de todo, y a veces quería que su embarazo se cumpliera con éxito, y a veces quería interrumpirlo de un mordisco, pero cualquier deseo ocurría en la misma secuencia de hábitos abortivos, en el mismo sentimiento del temor a ser descubierta. Veía ojos por todas partes, veía actitudes delatoras hasta en las miradas de las bestias, en los ojos azules del mono anciano, en los ojos humillados de los osos sin garras, en los ojos ultrajados de los leones sin colmillos. El circo era para ella decenas de ojos acusadores, y vivía como se deben de vivir los segundos previos a la caída de una guillotina, al disparo de un pelotón de fusilamiento, al encuentro con el adoquinado cuando caes desde una ventana.

Estaba en el séptimo mes de gestación cuando en mitad

de un número le sobrevino un desmayo. Al retirarla del escenario, entre bambalinas, todavía inconsciente, le descubrieron el motivo, y a la mañana siguiente don Baltasar le exigió que abandonara el circo y le aconsejó que se quitara de su vista si no quería provocar daños mayores. Acróbatas, equilibristas, ilusionistas, payasos, domadores, contorsionistas, faquires... todos estaban reunidos en una sala contigua en el momento en que Violeta preparaba las maletas, y ella podía escuchar bien todas aquellas voces, cómo cada uno especulaba sobre quién sería el autor del embarazo, entre juicios que la tachaban de mentirosa, de farsante, de haberlos engañado a ellos y al público con un don que no le pertenecía, el don de la impenetrabilidad.

—Es una desgraciada que seguramente ha contado con el apoyo de otro tunante para montar su función, alguien que le habrá fabricado ese himen sobrenatural que ella asegura haber tenido desde su nacimiento —decía una de las voces.

Y luego una contorsionista le contestaba:

—Quién sabe, puede ser que la granuja tenga unos músculos vaginales tan poderosos que sea capaz de rechazar hasta al más potente, unos músculos de acero que sabe Dios cómo los habrá ejercitado... hay que suponer que a base de práctica, está claro, porque del aire no se ha quedado preñada.

Y así inculpaban a Violeta de andar entrenándose en el arte del rechazo a base de todo lo contrario, a base de contracciones y distensiones genitales en infinitas noches de inmoderada lascivia.

En aquellas acusaciones no se olvidaron de insinuar que

había grandes probabilidades de que el padre estuviera presente en la misma discusión, que fuera uno de ellos, y el diálogo estaba cargado de frases maliciosas, de las que no se salvaba nadie.

—Pues yo no sé de dónde habrá sacado al tipo que le ha hecho la barriga, porque la chica no ha salido de aquí desde que llegó —añadía una de las equilibristas—. Yo en el lugar de algunas sujetaría a mi marido con correa corta, y menos mal que yo puedo estar tranquila, porque al mío no le alcanza ni para cumplir conmigo.

Violeta no se movió ni abrió la boca para defenderse, bien sabía que haberla abierto en esos momentos le habría costado una paliza. Estaba sentada en la cama, y como la habitación no tenía puerta se entretenía en hacer y deshacer la misma maleta muchas veces, para que cualquiera que pasara la viera ocupada, para no dar ocasión a ningún tipo de diálogo. Doblaba las pocas prendas que tenía con toda la parsimonia, las colocaba en la maletita, y cuando escuchaba que alguien pasaba volvía a colocarlas como por primera vez, al tiempo que pensaba que sin las vendas que antes comprimían su embarazo aquellas ropas no le servirían de nada. Trató de pasar la noche como pudo, y al día siguiente salió con su equipaje en una mano y su barriga más grande que nunca. Al cruzar el umbral de la última puerta tuvo el temor de no haber conocido aún la cúspide de su desdicha.

Desde aquel último día en el circo Violeta cayó en un bucle que la mantenía deambulando por las calles como pez que se lleva la corriente. Andaba por la ciudad durante todo el día, sin descanso, mirando siempre al suelo, que se le abría en dos ríos de alquitrán divididos por su barriga. Cuando comía no dejaba de andar, concentrada en su paso, con los mismos pantalones que utilizaba cuando todavía le venía el periodo, sólo que como ahora no le cerraban los había atado con una cuerda. Pareciera que lo único que ocupaba su cabeza era la preocupación de poner un pie detrás de otro; sin embargo, de un mes de caminatas sacó todo un plan, que había ideado con la expectativa de que le permitieran volver al circo con el mismo espectáculo.

Ya sabía ella que para volver tendría que proponer lo imposible. Bien sabía que tendría que ofrecer la idea de un nuevo éxito, el proyecto de una nueva intervención que resarciera con triunfo la caída de las ventas desde que se supo de su estado, y que superase no sólo los números de sus antiguos compañeros, sino también, y esto era lo más importante, que superase al suyo propio. Pero su espectáculo ya era de por sí insuperable, pues ¿qué podía ofrecer más?, ¿debería ponerse a merced de un elefante, como su público fantaseaba? Nada de eso, y Violeta encontró la que seguramente habría sido la única manera posible de rectificar su equivocación, una idea que le sacudió el espíritu con la certeza de saber que no sería rechazada. «Al público le gusta que se le tenga en cuenta», pensaba, «y yo voy a ofrecerle el ingrediente más goloso: su propia participación en mi número.»

Violeta acertó en su proyecto y, todavía embarazada, volvió a su trabajo en el circo. Al igual que en los meses de oro de la compañía, cuando Violeta era el show más esperado, en esta nueva temporada, en este primer día tras su reincorporación, su función fue introducida por los tres payasos, pero esta vez ante las protestas y los chillidos del auditorio, que se deshacía en groserías e improperios hacia Violeta, a quien llamaban impostora, tramposa y mal bicho. Pero Violeta ya había previsto estas reacciones, lo que la había llevado a escribir ella misma las palabras con que debería hacerse su presentación, que los tres bufones leyeron a coro de la siguiente manera:

«... Y para aclarar a nuestro respetable y querido público que en Violeta no hay ni trampa ni cartón, para demostrar que éste es un circo serio que no traiciona las ilusiones de los amigos, para constatar que La Impenetrable es una caja sellada con forma humana, una hucha sin raja que con su embarazo no viene sino a incrementar el valor del misterio de la única naturaleza inabordable conocida, invitamos a nuestro honorable público a dar por sí mismo fe de estas palabras. Distinguidos caballeros, dejen sus asientos de espectadores y suban a protagonizar el prodigioso número de La Impenetrable...».

La presentación no había terminado cuando dos mujeres vestidas con túnicas romanas introdujeron en el escenario un bulto sobre ruedas, cubierto con una sábana blanca. Como en la antigua versión del show, las luces se apagaron, pero ahora los focos no recaían sobre Violeta, que todavía no había aparecido, sino sobre aquel bulto que todo el mundo se esforzaba en identificar, con la frente arrugada y los ojos medio cerrados en busca de una mayor nitidez. Se rogó silencio, y en el auditorio se habría podido escuchar el zumbido de una mosca. En el mayor suspense unos tambores empezaron a repiquetear con un volumen in crescendo que llegó a hacerse ensordecedor, y de nuevo se hizo el silencio.

Entonces las dos vestales retiraron la sábana y se descubrió ante cientos de ojos expectantes un potro de ginecólogo. En ese momento entró Violeta, se quedó sola junto al potro, saludó con una inclinación de cuerpo y se sentó en el aparato. Permaneció inmóvil, con las piernas que colgaban a algunos centímetros del suelo entablado, como una joven que en un columpio observa su propio balanceo. Segundos después levantó las piernas, las separó y apoyó los pies en los estribos. Su barriga se movió varias veces, arriba y abajo, eran los leves movimientos con los que Violeta se aseguró de que el último hueso de su columna vertebral, su cóccix, quedara suspendido fuera del asiento, para así ofrecerse, al fin, a que el primer voluntario saliera a comprobar en sus propias carnes la autenticidad de su naturaleza. Pronto una fila de espontáneos se dispuso frente al aparato. Costó romper la timidez, pero después de que los primeros tres o cuatro intentaran sin resultado desvirgar a aquella embarazada, la fila de hombres se alargó hasta que apenas quedaron en sus asientos los impedidos físicos. Demasiado cuidado había puesto Violeta en la preparación de aquel plato, que fue embuchado sin degustación. Lo que al principio era orden se convirtió en un desmadre absoluto, todos querían probar que a su potencia no había empalizada que se resistiese, y en una especie de abordaje masivo Violeta fue apisonada por una montaña de bestias que la arremetían desde todos los flancos. Lo último que pudo ver fueron unos ojos azul índigo mirándola profundamente, que a ella le parecieron los ojos de un mono.

Jana y Jano

A Patricia y Juan Carlos Marset

Dios sabe cómo adoro la vida. Ya la amaba antes del día en que acompañé a mi padre para asistir a tu mamá durante tu nacimiento. Ya la amaba desde que, doce años antes que tú, nací yo. Sin embargo, aquellos doce años de edad que nos separaron fue el tiempo que hubo de pasar para que mis ojos, suficientemente formados, pudieran distinguir tu belleza recién nacida, recién salida, aún sucia, amoratada por el esfuerzo. Si no te hubiera conocido en aquel momento salvaje tal vez hoy diría cosas como amo la vida, me gusta la vida, o qué bello es vivir; pero te conocí justo entonces, y eso me deja sólo una opción para hablar de nuestro paso por el mundo: lo adoro.

El instante de tu alumbramiento terminó de definirme en ese amor y esa admiración que tengo hacia nuestro ciclo vital, y aquel día comprendí la justicia del castigo que vuestro pueblo venía ejecutando desde tiempos remotos tras un crimen de sangre. Atar el cuerpo del muerto durante una semana a las espaldas de su asesino era la condena con que se penaba el quitar la vida, y las veces que he visto al criminal cargado con su víctima, vagando durante siete días con el peso exacto de la muerte, he pensado que no existe sobre la tierra penitencia más natural. Si yo quisiera contarle algo a los de nuestra raza les contaría, después de tu perfección, la perfección de esta sentencia. El cuerpo de la víctima se amarra en paralelo al cuerpo del vivo, espalda contra espalda, de manera que sus cabezas miren en sentido contrario, y así, con el muerto a cuestas, el vivo tiene que cazar, correr, dormir, comer y lamentarse. Son días de convivencia en que el reo puede caminar por donde desee, puede incluso salirse del poblado e internarse en la selva, pero su único compañero es el que lleva cargado. El cansancio de los pies caminando deja en la tierra unas marcas que declaran lo duro que resulta para una sola alma el trabajo de desplazar dos cuerpos.

Pero en este día, hoy, no quiero hablar de esa condena que comprendí con tus primeros gemidos, sino que quiero, más que nada, hablar de ti, mi bella Jana, y de nuestro enlace. Fuiste el primer bebé que yo tomé entre mis brazos, y mientras tu mamá descansaba del parto yo te mecí durante varias horas, en un vaivén que tiraba de tu belleza como de un hilo, y la apartaba del mundo. En vuestra cabaña iban entrando muchas personas para conocerte, y todas, al verte en mi pequeño regazo, me decían que sin duda estabas a gusto conmigo, lo que aumentaba mi felicidad. Cuando llegó la hora de separarme de ti lloré con toda la amargura que conoce un niño de doce años. Esa noche no hubo quien me alejara de la entrada de tu choza; lo poco que dormí lo dormí con un ojo abierto, y aquella fascinación derivó en un apego y un instinto de protección que me convirtió en tu inseparable compañero desde tus primeros años.

¿Escuchas? Estos árboles inmensos a nuestro alrededor se dicen algo, y también devuelven el eco de los chillidos con que se hablan las aves y otros animales. Recuerdo ahora la primera vez que nuestra gente intentó alterar nuestra relación. Fue cuando advirtieron que tus primeras palabras se retrasaban, que tenías casi cinco años y sólo eras capaz de reproducir los sonidos guturales de las aves y fieras del bosque, la algarabía de los monos aulladores cuando caía una fruta pesada, el griterío bronco de los monos araña... Dijeron que la culpa era mía porque te apartaba del resto, porque te llevaba conmigo durante mis horas de caza, que eran muchas, pero que además se dilataban mucho más de lo necesario porque, según ellos, mi alma respiraba mejor entre estos árboles que entre nuestras chozas, y tenían razón. Por vez primera nos limitaron el tiempo. Pero la separación no pudo durar, porque tú no querías que nadie más que yo te diera de comer, y como yo no regresaba hasta la noche empezaste a adelgazar. Además, tu carácter risueño y sosegado cambió hacia un genio llorón y quejicoso; en ningún sitio más que conmigo eras la Jana que todo el mundo había conocido, la niña fuerte y alegre que yo estaba criando. Te entregaron, pues, de nuevo a mis brazos, y tú, como agradecida, hablaste.

Mira. El agua del río hoy arrastra ese manto verde y ocre que a ti siempre te ha gustado ver desplazarse desde la orilla, en la curva de un meandro enrojecido por los taninos de las hojas que flotan. En esta contemplación solías pedirme que te contara de nuevo por qué estoy aquí. Tu mente tierna podía comprender que el agua, la selva, los tepuis, tu poblado, existieran antes que tú, pero escucharme hablar de mí cuando tú todavía no existías nunca dejó de parecerte un misterio, que te complacías en oír una y otra vez. Mi padre llegó a este lugar cuando era joven, con mi madre embarazada de mi hermana mayor. Nuestra familia era la única extranjera, y la única que había conocido las escuelas. Mi padre era médico. Llegaron aquí casi por accidente y se quedaron. Nos tuvieron a mis tres hermanas, que tú no has conocido, y a mí. A ellas las enviaron a nuestra tierra para que se instruyeran en nuestra educación, pero yo, el más pequeño, me parecía más a vuestra gente (aquí tú reías) que a la mía, y esa evidencia les dio a mis padres, que querían tener cerca a su único varón, la excusa perfecta para dejarme con ellos. Cuando tú naciste, mientras por las noches ellos seguían enseñándome, diligentes, todo lo que sabían de las ciencias y las letras, por el día yo te enseñaba a ti a caminar sin hacer ruido, a colgarte de raíces aéreas, a cuidarte de los anofeles, a jugar brincando con un aro de corteza alrededor de los pies, a curtirte la piel... Conmigo aprendiste a nadar, a bucear, a pescar payaras, a matar para comer; aprendiste a no perderte, a hacer fuego, a pedir lluvia, a flechar báquiros y a distinguir lo comestible de lo venenoso... Así estuvimos muchos años, sin interrupción.

Al alba tú solías llegar a nuestra choza y mi madre se despertaba sólo para peinar tus largos cabellos en dos trenzas perfectas, que no se deshacían durante toda la jornada y parecían equilibrar el peso de tu gruesa melena. Hasta hoy has llevado esas trenzas... A la caída de la tarde, cuando regresábamos, tú me acompañabas para que mi padre nos besara la frente, y mamá te miraba como yo recuerdo que miraba a mis hermanas. Después tú ibas con los tuyos a dormir, aguardando las nuevas luces de la mañana, que nos juntarían de nuevo. Tu amor a la naturaleza, que habías conocido conmigo, era sólo comparable a tu amor por mí. Los días en que yo te hacía un nuevo descubrimiento, una nueva planta, una nueva epifita, un nuevo bicho, tus ojos esmeraldas y acuosos se cerraban de emoción, me echabas los brazos a la cintura y dabas saltos de alegría hasta alcanzar casi el nivel de mi cabeza, para acariciarme con tu boca lo más alto posible.

La mayor parte de nuestro amor la vivimos en aquellos años, cuando tú eras niña, porque después de que alcanzaste tu altura definitiva nos separaron de nuevo. Así, un día en que no viniste, mamá me dijo que ya te habías hecho una mujer y necesitabas descansar. Yo le dije que si era por la sangre, hacía mucho tiempo ya que, en la primera noche de nuestra unión, habías sangrado, y ella, en el espanto, me dio una bofetada. Yo, impasible, le contesté: «Pero, madre, si el futuro de nuestro amor es eterno, ¿qué tiene de malo que su pasado también lo sea?», y ella me acarició la cara recién golpeada.

Pero el golpe más funesto estaba por llegar, y me lo dieron todos a una, tu gente y también mis padres, y nos lo dieron a los dos, mi bella Jana, cuando nos separaron de nuevo por un motivo clásicamente fútil y vulgar: ambos estábamos destinados a una unión diferente, a otro joven para ti, a otra joven para mí. Tu padre me lo dijo sin mirarme a la cara, y tu madre lloraba. Yo, a ciegas de odio, agarré el primer cuello que mis manos descontroladas rozaron, y varios se echaron sobre mí para aplacarme. Inmovilizado en el suelo bajo la fuerza de cuatro hombres pude encontrar, sin embargo, lo que a la larga sería nuestra salvación: los ojos de tu madre, que con tan sólo una mirada me devolvieron a ti... Bien sabía ella que mis manos te habían conocido antes que las suyas.

Pasó algún tiempo antes de que la ayuda de tu mamá pudiera hacerse efectiva, pero a veces trataba de cruzarse en mi camino para mostrarme que estaba de nuestro lado, y esos alientos fueron los únicos que aliviaron mi ira y evitaron que arrasara tu choza (donde vivías encerrada y vigilada por tus hermanos) y te llevara conmigo... ¿Pero llevarte dónde? Eso habría sido imposible. El pueblo se levantaría y no nos habrían dejado descansar, nos habrían perseguido y en un caso extremo solicitarían la ayuda de las aldeas vecinas... Aunque incluso así, hermosa Jana, te habría llevado conmigo, para tenernos en esas pocas horas que tardarían en darnos alcance, y sólo los ojos pacientes y generosos de tu madre me decían que había de esperar, que algo podía todavía ocurrir... Aunque entonces ni ella ni yo podíamos pensar en nada, tan grande era nuestra pena.

Durante esos días de miseria en que no te vi me pasé las horas encaramado a la rama de un árbol desde donde se veía tu hogar. Desde allí tomé un control absoluto de cada movimiento del pueblo, lo veía despertarse y acostarse, sentía con él, su respiración, su calor... pero siempre con un ojo sobre tu choza. Tu madre salía dos veces al día, y cuando supo que yo estaba en el árbol cambió sus caminos para pasar por allí y dedicarme su mirada. Pero pienso que aquella complicidad en mi sufrimiento no habría sido suficiente para mantenerme en mi mansedumbre si no hubiera sido por un hecho que aconteció una mañana. Un hombre había amanecido muerto. El culpable se entregó inmediatamente y la sentencia se dictó con la rapidez inapelable propia de estos casos. Fue la última vez que contemplé la escena de ese castigo particular, y siete días estuve viendo desde lo alto deambular al asesino con el cuerpo a cuestas. Se perdía por un caminito, entraba por otro, se caía de rodillas, se tiraba de los cabellos al quinto día, y al último, al séptimo, su imagen logró inspirar mi alma, que se encendió con la alegría sencilla con que antes de nuestra separación te recibía cada alba.

Lo pensé varios días, y cuanto más lo pensaba más me emocionaba. Era una solución absoluta, celestial. Me faltaba, sin embargo, manifestártela, declarártela como se declara el amor. Tu madre consiguió, al fin, regalarnos un encuentro, pero sería el único y el último, nos advirtió, y había de tener lugar dos días después. Yo me pasé las horas en el árbol ensayando mi propuesta, buscando las palabras más dulces, las razones más breves y adecuadas. Hubo algunos momentos, escasos, en que temí que me rechazaras, pero yo sabía que ese miedo era infundado, y de nuevo me armaba de valor para ensayar esa declaración de amor extraordinario.

Cuando al fin nos encontramos, los dos sabíamos que no teníamos mucho tiempo. Tu apariencia era tímida, las palabras no te salían, y yo te dije de una manera que no era la que había preparado que tenía una proposición que hacerte. Tú me miraste expectante, ilusionada, impaciente por que yo dijera lo que tú ya esperabas, y así me lo expresaste cuando tomé fuerza y me declaré. «Acepto», dijiste primero entre lágrimas de felicidad; «lo esperaba», añadiste después. Mi tórax se expandió, los pulmones se me habían hinchado con tus dos palabras; no sólo aceptaste, sino que lo esperabas... ¿Habrá existido nunca una alianza semejante?

Caíste entre mis brazos de nuevo, como el día en que naciste, como tantos días. Yo esperé a que amaneciera para saltar contigo del árbol y cumplir mi condena. No hizo falta que nadie te me atara a mi espalda, yo mismo lo había hecho, y así no hizo falta ni siquiera que declarara mi crimen con palabras. Ahora nos quedan todavía seis días unidos, porque ha pasado el primero; seis días montada sobre mí mientras yo nos interno al galope en la selva que nos ha visto crecer, la selva que durante las escasas horas que nos quedan juntos va a seguir escuchándome atenta: Dios sabe cómo adoro la vida.

Índice

Para la composición del texto se han utilizado tipos
de la familia Janson, a cuerpo 12 sobre 14,919.
Esta fuente, caracterizada por su claridad,
belleza intrínseca y vigor, recibió su nombre
del tallador de punzones holandés Anton Janson,
pero fue tallada por el húngaro Nicholas Kis en 1690.

Esta nueva edición de *Criaturas abisales*
ha sido impresa y encuadernada para Los libros del lince por Thau S.L.,
en Barcelona, en noviembre de 2015.

Impreso en España / *Printed in Spain*